U0709564

知味

明季书画插图本

晚明小品选注

落笔为闲

[明] 袁宏道 等 著

北方联合出版传媒（集团）股份有限公司

万卷出版公司

2018·沈阳

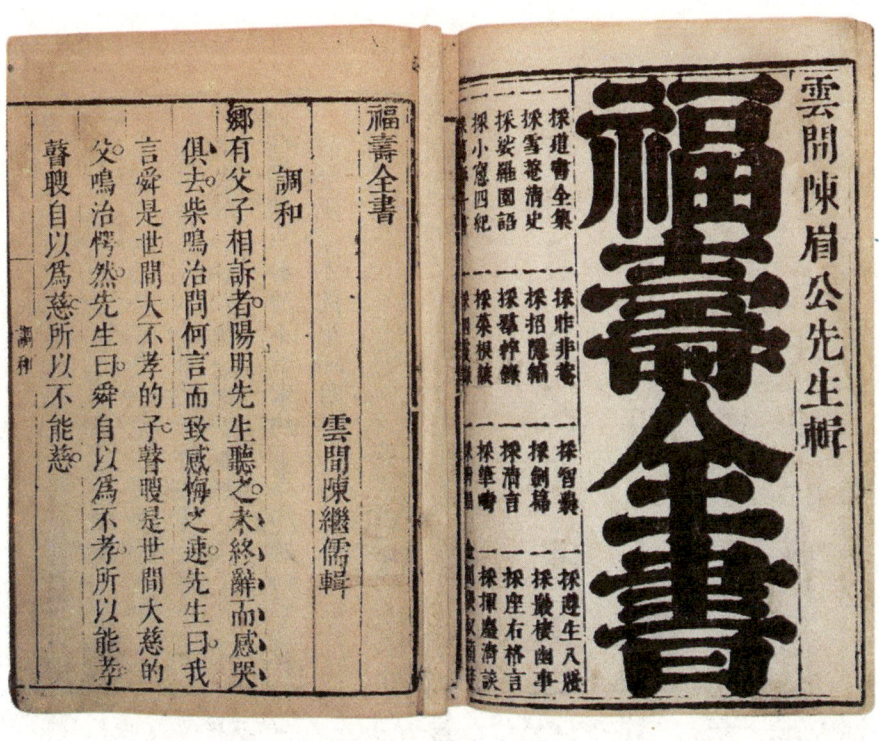

雲間陳眉公先生輯

福壽全書

採遵壽全集
採雪菴清史
採妮羅園語
採小窗四紀

採非巷
採招隱稿
採闢碎錄
採蘂棖媛

採智囊
採劍稿
採清音
採華嚅

採遵生八牋
採鬚樓閒事
採座右格言
採攓盧濟談

福壽全書

調和

雲間陳繼儒輯

鄉有父子相訴者陽明先生聽之未終辭而感哭
俱去柴鳴治問何言而致感悔之速先生曰我
言舜是世間大不孝的子瞽瞍是世間大慈的
父瞽瞍治愕然先生曰舜自以為不孝所以能孝
瞽瞍自以為慈所以不能慈

陈继儒《福寿全书》

袁中郎先生評定

徐文長全集

玉樹堂藏板

徐文長集序

今人見異人異書如見
恠物焉然天下之尋常
人多矣而竟已稱何也古
之異人不可勝數予爾

《徐文长全集》

目录

论说杂文

论文　袁宏道　001

论文　袁宗道　006

英雄气短说　周铨　012

赏心乐事五则　吴从先　015

序跋

抄小集自序　徐渭　020

叶子肃诗序　徐渭　023

合奇序　汤显祖　024

叙陈正甫会心集　袁宏道　026

叙竹林集　袁宏道　028

中郎先生全集序　袁中道　031

殷生当歌集小序　袁中道　038

陈无异寄生篇序　袁中道　040

秋寻草自序　谭元春　043

昭华琯序　陈仁锡　046

倪云林集序　陈继儒　048

文娱序　陈继儒　051

陶庵梦忆自序　张岱　057

西湖梦寻序　张岱　062

花史题词　陈继儒　064

书草玄堂稿后　徐渭　066

1

记传

自题诗后 锺惺 068

题画册一 李流芳 070

题画册二 李流芳 073

书李山人画册 李陈玉 078

西湖一 袁宏道 084

西湖二 袁宏道 086

孤山 袁宏道 088

飞来峰 袁宏道 089

灵隐 袁宏道 091

烟霞石屋 袁宏道 094

莲花洞 袁宏道 095

天目一 袁宏道 096

天目二 袁宏道 097

天池 袁宏道 101

虎丘记 袁宏道 104

游敬亭山记 王思任 107

记游 陈仁锡 112

西湖七月半 张岱 117

湖心亭小记 张岱 121

砚北楼记 袁中道 122

爽籁亭记 袁中道 127

偶园记　康范生　132

汾湖石记　叶小鸾　136

山居斗鸡记　袁宏道　138

雁荡龙湫记　傅宗龙　140

记梦　李应昇　144

拟秦始皇坑儒　丘兆麟　146

拙效传　袁宏道　152

回君传　袁中道　155

白云先生传　钟惺　160

五异人传　张岱　164

自状文　杨廷桢　188

自为墓志铭　张岱　193

书简

与马策之　徐渭　198

与两画史　徐渭　199

在京与友人　屠隆　200

答岳石帆　汤显祖　201

与岳石梁　汤显祖　202

刘都谏　袁宗道　203

黄司业毅庵　袁宗道　205

陶编修石篑　袁宗道　206

答友人　袁宗道　208

又　袁宗道　209

寄三弟　袁宗道　210

3

丘长孺　袁宏道　　　　211

与沈伯函水部　袁宏道　　227

毛太初　袁宏道　　　　212

答谢在杭司理　袁宏道　　228

兰泽云泽叔　袁宏道　　213

答王百毅　袁宏道　　　229

杨安福　袁宏道　　　　214

答梅客生　袁宏道　　　231

答人　袁宏道　　　　　216

寄祈年　袁中道　　　　232

沈博士　袁宏道　　　　217

答秦中罗解元　袁中道　　235

王以明　袁宏道　　　　219

答张上马毅仲　陈继儒　　238

李子髯　袁宏道　　　　221

与山阴王静观　沈承　　　240

刘子威　袁宏道　　　　222

第后柬刘德升诸兄弟　周顺昌　242

聂化南　袁宏道　　　　224

与姜箴胜门人　张鼐　　246

兰泽云泽两叔　袁宏道　225

论说杂文

论　文

袁宏道

口舌代心者也，文章又代口舌者也。展转隔碍，虽写得畅显，已恐不如口舌矣，况能如心之所存乎？故孔子论文曰："辞达而已。"达不达，文不文之辨也。唐虞三代之文，无不达者。今人读古书不即通晓，辄谓古文奇奥，今人下笔不宜平易。夫时有古今，语言亦有古今①；今人所诧为奇字奥句，安知非古之街谈巷语耶？《方言》②谓：楚人称"知"曰"党"，称"慧"曰"镧"，称"跳"曰"踚"，称"取"曰"挻"。余生长楚国，未闻此言，今语异古，此亦一证。故《史记·五帝三王纪》③，改古语从今字者甚多："畴"改为"谁"，"俾"为"使"，"格奸"为"至奸"，"厥田厥赋"为"其田其赋"……不可胜记。左氏去古不远，然《传》中字句未尝肖《书》④也；司马去左亦不远，然《史记》句子亦未尝肖《左》也。至于今日，逆数前汉，不知几千年远矣。自司马不能同于左氏；而今日乃欲兼同左马，不亦谬乎！中间历晋唐，经宋元，文士非乏，未有公然持扯⑤古文，奄⑥为己有者。昌黎好奇，偶一为之，如《毛颖》等传⑦，一时戏剧，他文不然也，空同⑧不知，篇篇模拟，亦谓反正⑨。后之文人，遂视为定例，尊若令甲⑩；凡有一语不肖古者，即大怒，骂为野路恶道。不知空同模拟，自一人创之，犹不甚可厌；迨其后，以一传百，以讹益讹，愈趋愈下，不足观矣。且空同诸文，尚多己意，纪事述情，往往逼真；其尤可取者，地名官衔，俱用时制。今却嫌时制不文，取秦汉名衔以文之⑪，观者若不检《一统志》⑫，几不识为何乡贯矣。且文之佳恶，不在地名官衔也。司马迁之文，其佳处在叙事如画，议论超越；而近说乃云：西京⑬以还，封建宫殿，官师郡邑，其名不雅驯⑭，虽子长复出，不能成史——则子长佳处，彼尚未梦见也；而况能肖子长也乎？

或曰：信如子言，古不必学耶？余曰：古文贵达，学达即所谓学古也。学其意，不必泥其字句也。今之圆领方袍，所以学古人之缀叶蔽皮也；今之五味煎熬，所以学古人之茹毛饮血⑮也。何也？古人之意，期于饱口腹，蔽形体；今人之意，亦期于饱口腹，蔽形体，未尝异也。彼摘古字句入己著作者，是无异缀皮叶于衣袂之中，投毛血于肴核之内也。大抵古人之文，专期于"达"，而今人之文，专期于"不达"，以"不达"学"达"，是可谓学古者乎？

【注释】

①陈澧《东塾读书记》："时有古今，犹地有东西南北，相隔远则言语不通矣。地远则有翻译，时远则有训诂；有翻译则能使别国如乡邻，有训诂则能使古今如旦暮。"可供参证。

②《方言》凡十三卷，旧题汉扬雄撰。然《汉志》不载，雄本传亦不言其著有此书，宋洪迈颇疑为伪记。其书即一名一物，详其语之异同，训诂家多资以考证古义。如孙炎之注《尔雅》，杜预之注《左传》，已援引之，其为汉人所著书，盖无疑也。

③《史记》，汉司马迁撰。起黄帝，迄汉武，凡百三十卷。

④左，谓左丘明，作《春秋左氏传》。《书》，谓《尚书》。

⑤捃扯，拉杂摘取之也。刘克庄《跋刘叔安感秋八词》："耆卿有

教坊丁大使，意态美成，颇偷古句。温李诸人，困于挦扯。"

⑥奄，覆也。《诗》："奄有四方。"

⑦昌黎，谓韩愈。毛颖，谓笔也。韩愈戏为作传，颇袭古语。

⑧空同，谓李梦阳，明庆阳人。工诗古文，以复古自命，倡言"文必秦汉，诗必盛唐"。与何景明、徐祯卿、边贡、康海、王九思、王廷相号称"七子"。

⑨反正，谓反之于正，盖模拟复古为正也。

⑩令甲，《汉书》："诏曰：令甲，死者不可复生。"注：令有先后，故《汉书》有令甲、令乙、令丙，若今之第一、第二、第三篇也。

⑪章学诚《文史通义·文理篇》："明人初承宋元之遗，粗存规矩。至嘉靖、隆庆之间，晦蒙否塞，而文几绝矣。归震川氏，生于是时，力不能抗王李之徒，而心知其非，故斥凤洲以为庸妄。谓其创为秦汉伪体，至并官名、地名而改用古称，使人不辨作何许语，故直斥之曰文理不通。非妄言也。"按，王李谓王世贞（凤洲）、李攀龙（沧溟），其识又在梦阳之下矣。

⑫《一统志》，纪舆地之名，元明以来，历代有之。

⑬西京，代指西汉。东汉光武都洛阳，故以长安为西京。

⑭雅驯，谓温文不粗俗也。

⑮茹毛饮血，谓上古饮食之道未备，但猎取禽兽而生食之也。《礼记》："未有火化，食草木之实、鸟兽之肉，饮其血，茹其毛。"

徐渭《黄甲图》

论 文

袁宗道

　　爇香者，沉则沉烟，檀则檀气①，何也？其性异也。奏乐者，钟不藉鼓响，鼓不假钟音，何也？其器殊也。文章亦然：有一派学问，则酿出一种意见；有一种意见，则创出一般言语；无意见则虚浮，虚浮则雷同②矣。故大喜者必绝倒③，大哀者必号痛，大怒者必叫吼动地，发上指冠④。惟戏场中人，心中本无可喜事，而欲强笑；亦无可哀事，而欲强哭；其势不得不假模拟耳。

　　今之文士，浮浮泛泛，原不曾的然做一项学问；叩其胸中，亦茫然不曾具一丝意见。徒见古人有立言不朽⑤之说，又见前辈有能诗能文之名，亦欲搦管伸纸，入此行市，连篇累牍，图人称扬。夫以茫昧之胸，而妄意鸿巨之裁，自非行乞左马之侧，募缘残溺，盗窃遗矢⑥，安能写满卷帙乎？试将诸公一编，抹去古语陈句，几不免于曳白⑦矣。其可愧如此，而又号于人曰：引古词，传今事，谓之属文。然则二《典》三《谟》⑧，非天下至文乎？而其所引，果何代之词乎？

余少时喜读沧溟、凤洲⑨二先生集。二集佳处，固不可掩；其持论大谬，迷误后学，有不容不辩者。沧溟赠王序，谓："视古修词，宁失诸理⑩。"夫孔子所云辞达者，正达此理耳；无理，则所达为何物乎？无论《典》《谟》《语》《孟》，即诸子百氏，谁非谈理者：道家则明清净之理，法家则明赏罚之理，阴阳家则述鬼神之理，墨家则揭俭慈之理，农家则叙耕桑之理，兵家则列奇正变化之理；汉唐宋诸名家，如董、贾、韩、柳、欧、苏、曾、王诸公⑪及国朝阳明、荆川⑫皆理充于腹而文随之。彼何所见，乃强赖古人失理耶？凤洲《艺苑卮言》，不可具驳，其赠李序曰："《六经》固理薮已尽，不复措语矣⑬。"沧溟强赖古人无理，而凤洲则不许今人有理，何说乎！此一时遁辞⑭，聊以解一二识者模拟之嘲⑮，而不知流毒后学，使人狂醉，至于今不可解喻也。然其病源，则不在模拟，而在无识。若使胸中的有所见，苞塞于中，将墨不暇研，笔不暇挥，兔起鹘落⑯，犹恐或逸；况有闲力暇晷，引用古人词句乎？故学者诚能从学生理，从理生文，虽驱之使模，不可得矣。

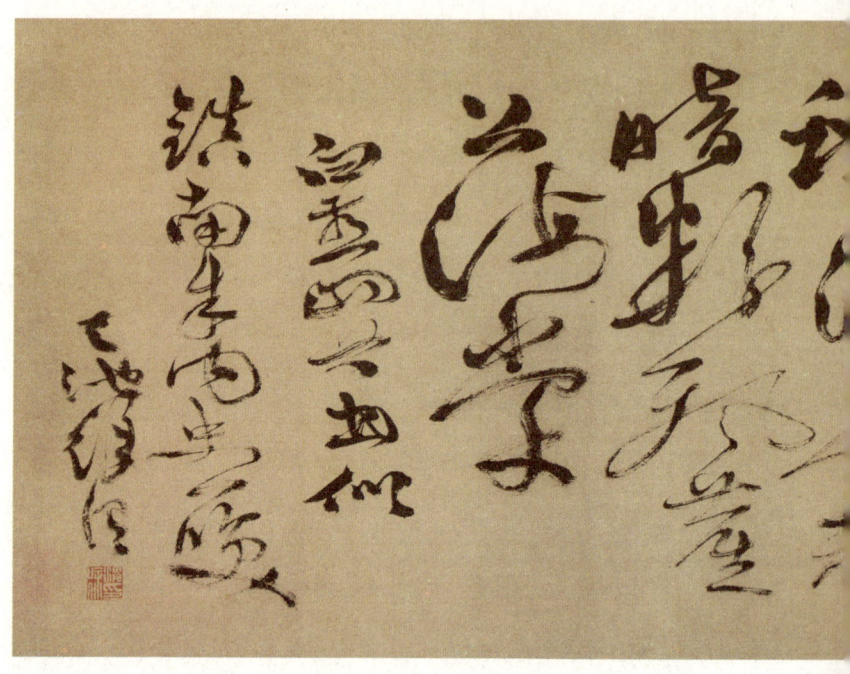

【注释】

①沉烟，谓沉香，取各种香木，先断其根，以其材浸水多年，皮干朽腐，而木心与枝节不坏，质坚色黑，在水而沉者，皆谓之沉香。爇之香气甚烈，为香料中著名之品。檀气，谓檀香，常绿灌木，产广东、云南等处。其木坚重清香，以为香料药材。

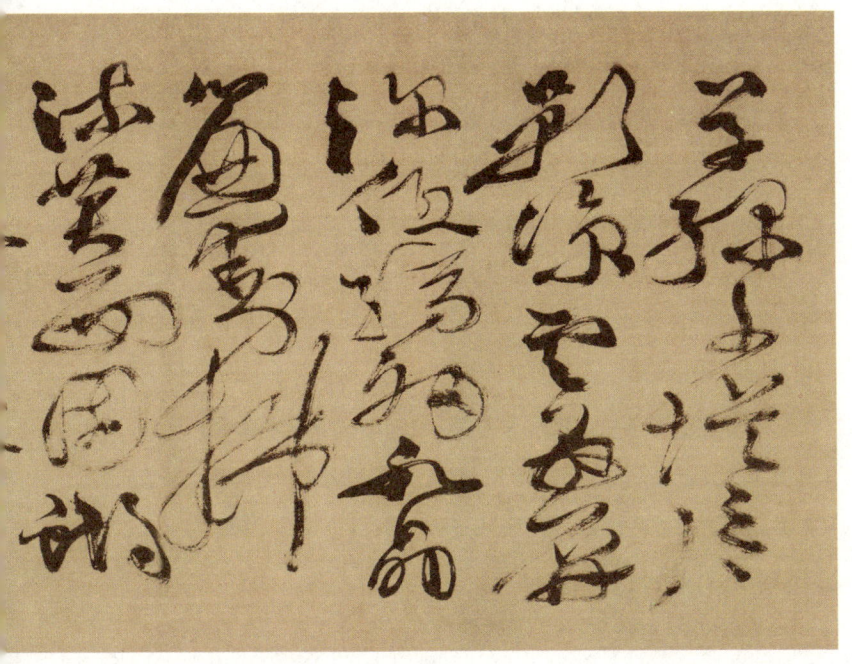

徐渭《草书白燕诗》

②雷同，谓雷之发声，物无不同时应者。《礼》："毋勦说，毋雷同。"

③绝倒，谓大笑也。《归田录》："往往哄堂绝倒，自谓一时盛事。"

④发上指冠，盛怒之状。《史记·廉颇蔺相如列传》："却立倚柱，怒发上冲冠。"

⑤立言不朽，《左传》："太上有立德，其次有立功，其次有立言。虽久不废，此之谓不朽。"

⑥募，募集。缘，因缘机遇。残溺、遗矢，便屎也。溺，音鸟，去声。《史记》："溲溺其中。"矢，屎本字。《左传》："杀而埋之马矢之中。"

⑦曳白，唐天宝二载，判入等者六十四人，以张奭为第一。帝御花萼楼覆实，奭持纸笔终日，笔不下，人谓之曳白。

⑧二《典》，《尧典》《舜典》。三《谟》，实只二《谟》，《大禹谟》《皋陶谟》。并《尚书》篇名。

⑨沧溟，李攀龙字，历城人，嘉靖进士，文多佶屈聱牙。凤洲，王世贞字，太仓人，官至刑部尚书。诗文与攀龙齐名。并谢榛、宗臣、梁有誉、徐中行、吴国伦，号"后七子"。

⑩谓侧重藻饰，宁使道理欠缺，所谓"言之无物，以辞害意"。

⑪汉朝的董仲舒、贾谊。唐朝的韩愈、柳宗元。宋朝的欧阳修、苏洵、苏轼、苏辙、曾巩、王安石。

⑫阳明，王守仁，字伯安，余姚人。弘治进士。正德时，巡抚南赣，平宸濠之乱。卒赠新建侯，谥文成。尝筑室阳明洞中，世称阳明先生。其学以良知良能为主，集宋明理学之大成。荆川，唐顺之，字应德，武进人。嘉靖进士。学问渊博，留心经济，自天文、地理、乐律、兵法，以至勾股、壬奇之术，无不精研。官至右佥都御史，巡抚淮阳。天启中，追谥文襄。学者称荆川先生。

⑬谓《六经》集理已尽，今人不必再有所述。

⑭遁辞，理屈词穷，别出一说以避驳诘，谓之遁辞。《孟子》："遁辞知其所穷。"

⑮解嘲，自为解释，以免嘲笑也。《汉书·扬雄传》："雄方草《太玄》……或嘲雄以玄尚白，而雄解之，号曰解嘲。"

⑯兔起鹘落，谓兔方起而鹘已落，言其捷也。郝经诗："兔起复鹘落，云行溪水流。"

英雄气短说

周　铨

或者曰：儿女情深，英雄气短，以言乎情，不可恃也。情溺则气损，气损则英雄之分亦亏。故夫人溺情不返，有至大杀而无余。甚矣，情之不可恃有如是也！

周子曰：非也。夫天下无大存者，必不能大割；有大忘者，其始必有大不忍。故天下一情所聚也。情之所在，一往辄深：移以事君，事君忠；以交友，交友信；以处事，处事深。故《国风》许人好色①，《易》称归妹见天地之心②。凡所谓情，政非一节之称也，通于人道之大，发端儿女之间。古未有不深于情，能大其英雄之气者。以项王喑哑叱咤，为汉军所窘，则夜起帐中，慷慨为诗，与美人倚歌而和，泣数行下③。汉高雄才谩骂，呼大将如小儿，及威加海内，病卧床席，召戚夫人与泣曰："若为我楚舞，吾为若楚歌。"歌数阕，一恸欲绝④。嗟夫！此其气力绝人，皆有拔山跨海之概，乃亦不能不失声儿女子之一顾⑤！他若如姬于魏信陵⑥，夷光于范少伯⑦，卓文君于司马相如⑧，数君子者皆飘飘有凌云之致。乃一笑功成，五湖风月，与后之自着犊鼻，与庸保杂作，涤器于市，前后相映。呜呼！情之移人，一至是哉！余故谓：惟儿女情深，乃不为英雄气短。尝观古来能读书善文章者，其始皆有不屑之事，后乃有不测之功。触白刃，死患难，一旦乘时大作，义不返顾，是岂所置之殊乎？竭情以往，亦举此以措云尔。

余故曰：天下有大割者，必有所大存，盖不系于一节而言也。乃后世有拥阿娇，思褦金屋⑨，曰："吾情也。"噫！乌足语此！

【注释】

①《史记·屈原贾生列传》："《国风》好色而不淫，《小雅》怨悱而不乱。"

②归妹，《易》卦名。《象》曰："归妹，天地之大义也。天地不交，而万物不兴。"

③项王，即项籍，字羽。有美人名虞，常幸从，籍困于垓下，为诗曰："虞兮虞兮奈若何！"云云。

④戚夫人，汉高祖之宠姬，生赵王如意，欲废太子，立如意，未成，高祖为《楚歌》以示意。

⑤颦，忧愁不乐之状也，犹俗言皱眉。

⑥信陵君，魏昭王之少子，名无忌。如姬，王之宠姬。姬父为人所杀，资之三年，欲求报其父仇，莫能得。姬为信陵泣，信陵使客斩其仇头以进，姬甚德之。后秦攻赵，信陵借姬力窃兵符夺晋鄙军救赵。

⑦夷光，越之美女，盖指西施。范少伯（蠡）进西施于吴。吴亡，西施复归范蠡，从游五湖。

⑧卓文君，蜀富翁卓王孙之女。新寡，奔司马相如，家贫无以自存，设酒肆于临邛，相如着犊鼻裈，涤器于市，而文君当垆贳酒。

⑨阿娇，汉武帝陈皇后也。武帝为太子时，长公主欲以女配帝，问曰："得阿娇好否？"帝曰："若得阿娇，当以金屋贮之。"

赏心乐事五则

吴从先

一

凡游戏结伴，有一不韵，尚令烟霞变色，花鸟短致，况高斋秘阁间乎？必心千秋而不迁者，冥心而不妄解者，破寂寥者，谭锋健而甘枯坐者，氤氲不喷噪者，不颠倒古今而浪驳者，奏调若合者，或师之，或友之，皆吾徒也。若夫大惊小怪，非魇呓则阴蚀，不类而分之座①，缥缃觉有愁目②也。触邪之豸③，指佞之草④，即在邺架矣⑤。华歆之见割⑥，岂无谓哉？然或嵚崎历落，吻合在耳目之外，譬书目中之有稗官⑦，另当置之别论。

【注释】

①非同类之人而列之同座也。

②即使装潢美丽，而睹之不快也。以喻人非其类，晤对终不快也。

③触邪之豸，《晋书·舆服志》："法冠，或谓之獬豸冠。獬豸，神羊，能触邪佞。"

④指佞草，《博物志》："尧时有屈轶草，生于庭，佞人入朝，则屈而指之，又名指佞草。"

⑤邺架，唐李泌封邺侯，家富藏书，故人称藏书之处为邺架。韩愈诗："邺侯家多书，插架三万轴。"

⑥华歆见割，《世说新语》："管宁、华歆常同席读书。有乘轩冕过门者，宁读如故，歆废书出看。宁割席分坐，曰：子非吾友也。"

⑦稗官，本小官之义，后以为小说之称。《汉书》："小说家者流，盖出于稗官。"

二

读史宜映雪，以莹玄鉴。读子宜伴月，以寄远神。读佛书宜对美人，以挽堕空。读《山海经》《水经》，丛书小史，宜倚疏花瘦竹，冷石寒苔，以收无垠之游，而约缥缈之论。读忠烈传，宜吹笙鼓瑟以扬芳。读奸佞论，宜击剑提酒以销愤。读骚，宜空山悲号，可以惊壑。读赋，宜纵水狂呼，可以旋风。读诗词，宜歌童按拍。读神鬼杂录，宜烧烛破幽。他则遇境既殊，标韵不一。若眉公①销夏辟寒，可喻适志。虽然，何时非散帙之会，何处当掩卷之场？无使叔夜^②之懒，托为口实^③也。

【注释】

①眉公，陈继儒号。

②叔夜，嵇康字。

③口实，借口。《左传·襄公二二年》："若不恤其患，而以为口实，其无乃不堪任命，而翦为仇雠？"

三

弄风研露，轻舟飞阁。山雨来，溪云升。美人分香，高士访竹。鸟幽啼，花冷笑。钓徒带烟水相邀，老衲问偈，奚奴弄柔翰。试茗，扫落叶，趺坐，散坐，展古迹，调鹦鹉。乘其兴之所适，无使精神太枯。冯开之太史云："读书太乐而漫，太苦则涩。"三复斯言，深得我趣。

四

大凡读短册恨其易竭，读累牍苦于难竟。读贬激则发欲上冲^①，读轩快则唾壶尽碎^②。读滂沛而襟拨，读幽愤而心悲。读虚无之渺论而谲诞生，读拘儒之腐臭而谷神③死。读遯照④者欲尽相以穷神，读岨峿⑤者期妥贴以惬志。读阙文而思补，读朦胧而思参。读寂寞者非燥吻不开，读奇藻者非清华则靡。故每读一册，必配以他部，用以节其枯偏之情，调悲喜愤快而各归于适，不致辍卷而叹，掩卷而笑矣。

【注释】

①《史记·廉颇蔺相如列传》："相如持璧却立倚柱，怒发上冲冠。"

②《晋书》："王敦酒后，辄咏魏武《乐府》：'老骥伏枥，志在千里。烈士暮年，壮心不已。'以如意击唾壶为节，壶口尽缺。"

③谷神，《老子》："谷神不死，是谓玄牝。"王弼谓："谷神，谷中空虚之处，谷以之成，而不见其形，《老子》以喻道妙也。"河上公谓："谷，养也。神，五脏之神。人能养神则不死。"

④遯，同"遁"，隐匿也。照，光也。遯照，谓藏辉避影也。

⑤岨峿，山高下不平也，以喻文之龃龉也。

五

斋欲深，槛欲曲，树欲疏，萝薜欲青垂。几席、栏干、窗牖，欲净澈如秋水。榻上欲有烟云气。墨池、笔床，欲时泛花香。

读书得此护持，万卷尽生欢喜。琅嬛仙洞①，不足羡矣。

【注释】

①琅嬛，传为天帝藏书处。

序　跋

抄小集自序

徐　渭

　　山鸡自爱其羽，每临水照影，甚至眩溺死弗顾。孔雀亦自爱其尾，每栖必先择置尾处。人取其尾者，挟刃匿丛篁，伺其过，急断之。少迟，忽一回视，则金翠光色尽殒。此岂其靳惜①之意专，致通于神，故人不能夺其所爱，而必还之于既去耶？此其于麝抉脐②，蛇剖珠③，又稍殊异矣。

　　余夙学为古文词，晚被少保胡公檄作露表④；已乃百辞而百縻，往来幕中者五年。卒以此无聊，变起闺阁，遂下狱⑤。诸所恋悉捐矣，而犹购录其余稿于散亡，并所尝代公若⑥人者，诗若文为篇者若干。盖所谓死且勿顾，夺其所爱而还之于既去，于孔雀、山鸡何异耶？

昌黎为时宰，作《贺白龟表》，词近谄附，及《谏佛骨》则直⑦，处地然耳，人其可以概视哉？故余不掩其所代于公于人者。虽然，自妄羽之而复自妄尾之，安能保人之必羽之而必尾之耶？诚如是，则吾之购之录之也，其不见笑于山鸡、孔雀也，几希矣！

【注释】

①靳惜，吝惜也。

②《谈苑》：“商汝山中多麝，绝爱其脐。为人逐急，即投岩举爪，剔裂其香。就絷，犹拱四足，保其脐。”

③《述异记》：“凡珠有龙珠，龙所吐者；蛇珠，蛇所吐者。”此言物常恋其所宝，至死不舍。

④袁宏道《徐文长传》：“徐渭，字文长，为山阴诸生，声名籍甚。……中丞胡公宗宪闻之，客诸幕。……会得白鹿，属文长作表，表上，永陵（世宗）喜，公以是益奇之，一切疏记，皆出其手。”

⑤《明史·文苑传》：“及宗宪下狱，渭惧祸，遂发狂。引巨锥剚耳，深数寸。又以椎碎肾囊，皆不死。已，又击杀继妻，论死系狱，里人

张元汴力救得免。"

⑥公,指胡公。若,及也。

⑦韩愈官刑部侍郎时,宪宗遣使往凤翔迎佛骨入禁中,愈上表极谏,贬潮州刺史。

叶子肃诗序

徐 渭

人有学为鸟言者，其音则鸟也，而性则人也。鸟有学为人言者，其音则人也，而性则鸟也。此可以定人与鸟之衡哉？今之为诗者，何以异于是？不出于己之所自得，而徒窃于人之所尝言。曰：某篇是某体，某篇则否；某句似某人，某句则否。此虽极工毕肖，而已不免于鸟之为人言矣。

若吾友人肃之诗则不然：其情坦以直，故语无晦；其情散以博，故语无拘；其情多喜而少忧，故语虽苦而能遣；其情好高而耻下，故语虽俭而实丰。盖出于己之所自得，而不窃于人之所尝言者也。就其所自得，以论其所自鸣；规其微疵，而约于至纯。此则渭之所献于子肃者也。若云某篇不似某体，某句不似某人，是乌知子肃者哉！

合奇序

汤显祖

　　世间惟拘儒老生，不可与言文。耳多未闻，目多未见，而出其鄙委牵拘之识，相天下文章，宁复有文章乎？予谓文章之妙，不在步趋①形似之间。自然灵气，恍惚而来，不思而至，怪怪奇奇，莫可名状，非物寻常得以合之。苏子瞻画枯株竹石，绝异古今画格，乃愈奇妙；若以画格程之，几不入格。米家②山水人物，不多用意，略施数笔，形象宛然，正使有意为之，亦复不佳。故夫笔墨小技，可以入神而证圣，自非通人③，谁与解此？

　　吾乡丘毛伯④选海内《合奇》，文止百余篇，奇无所不合。或片纸短幅，寸人豆马；或长河巨浪，汹汹崩屋；或流水孤村，寒鸦古木；或岚烟草树，苍狗白衣⑤；或彝鼎商周⑥，丘索坟典⑦。凡天地间奇伟灵异，高朗古宕之气，犹及见于斯编，神矣化矣！夫使笔墨不灵，圣贤减色，皆浮沉习气为之魔。士有志于千秋⑧，宁为狂狷，毋为乡愿^⑨，试取毛伯是编读之。

【注释】

①步趋，亦步亦趋。

②米家，指米芾。字元章，号鹿门居士，画山水人物，自成一家。

③通人，博览古今者。

④丘毛伯，名兆麟，万历进士。

⑤苍狗白衣，杜甫诗："天上浮云如白衣，斯须改变为苍狗。"

⑥彝鼎，钟鼎之属，商周两代以为重器，铸有铭辞。

⑦丘索坟典，古书名。《三坟》，三皇之书。《五典》，五帝之书。《八索》，八卦之说。《九丘》，九州之志。皆言其文之奇古也。

⑧千秋，谓不朽之业，《左传》以立德、立功、立言，谓三不朽，此指立言。

⑨狂狷，《论语》："不得中行而与之，必也狂狷乎，狂者进取，狷者有所不为也。"乡愿，谓乡人之同流合污，以博谨愿之称者。《论语》："乡原，德之贼也。"原，同"愿"。

叙陈正甫会心集

袁宏道

世人所难得者唯趣。趣如山上之色，水中之味，花中之光，女中之态，虽善说者不能下一语，唯会心①者知之。今之人慕趣之名，求趣之似，于是有辨说书画，涉猎古董以为清，寄意玄虚，脱迹尘纷以为远。又其下，则有如苏州之烧香煮茶者。此等皆趣之皮毛，何关神情！夫趣得之自然者深，得之学问者浅。当其为童子也，不知有趣，然无往而非趣也。面无端容，目无定睛，口嗫嗫而欲语，足跳跃而不定，人生之至乐，真无逾于此时者。《孟子》所谓"不失赤子"②，《老子》所谓"能婴儿"③，盖指此也——趣之正等正觉最上乘也④。山林之人，无拘无缚，得自在度日，故虽不求趣，而趣近之。愚不肖之近趣也，以无品也。品愈卑，故所求愈下：或为酒肉，或为声伎，率心而行，无所忌惮，自以为绝望于世，故举世非笑之不顾也，此又一趣也。迨夫年渐长，官渐高，品渐大，有身如梏⑤，有心如棘⑥，毛孔骨节，俱为闻见知识所缚，入理越深，然其去趣愈远矣。

余友陈正甫[7]，深于趣者也。故所述《会心集》若干卷，趣居其多；不然，虽介若伯夷[8]，高若严光[9]，不录也。噫！孰谓有品如君，官如君，年之壮如君，而能知趣如此者哉！

【注释】

①会心，懂得作者之意。

②《孟子》："大人者，不失其赤子之心。"

③婴儿，亦始生子也。

④皆佛家语。正等正觉，谓洞明真谛，至平等觉悟之一境也。上乘，喻佛法之深，《世亲论》："如是三藏，下乘上乘，有差别故，则成二藏。"

⑤梏，谓桎梏，刑具，所以拘罪人者。在足曰桎，在手曰梏。

⑥棘，凡草木刺人者，江湘之间谓之棘。

⑦陈正甫，名所学，号志寰，竟陵人。万历进士，累官户部尚书。

⑧伯夷，殷孤竹君子，逊天下不受，故曰介。

⑨严光，字子陵，东汉余姚人。少与光武同学，光武即位，变姓名隐身不见，故曰高。

叙竹林集

袁宏道

往与伯修过董玄宰[①]，伯修曰："近代画苑名家，如文徵仲、唐伯虎、沈石田辈[②]，颇有古人笔意否？"玄宰曰："近代高手，无一笔不肖古人者。夫无不肖，即无肖也，谓之无画可也。"余闻之，悚然曰："是见道语也。"

故善画者，师物不师人；善学者，师心不师道；善为诗者，师森罗万象[③]，不师先辈。法李唐者，岂谓其机格与字句哉？法其不为汉、不为魏、不为六朝之心而已，是真法者也。是故减灶背水[④]之法，迹而败，未若反而胜也[⑤]。夫反，所以迹也。今之作者，见人一语肖物，目为新诗。取古人一二浮滥之语，句规而字矩之，谬谓复古。是迹其法，不迹其胜者也，败之道也。嗟夫！是犹呼傅粉抹墨之人，而直谓之蔡中郎[⑥]。岂不悖哉！今夫时文[⑦]，一末技耳。前有注疏，后有功令，驱天下而不为新奇不可得者；不新，则不中程[⑧]故也。夫士即以中程为古耳，平与奇何暇论哉？

王以明先生为余业举师^⑨，其为诗，能以不法为法，不古为古，故余叙其意若此。噫！此政可与徐熙^⑩诸人道也。

【注释】

①董其昌，字玄宰，华亭人。万历进士，累官南京礼部尚书，卒赠太子太傅，谥文敏。书法初宗米芾，后自成一家。其画，集宋元诸家之长，行以己意，潇洒生动，称明末之冠。

②文徵明，字徵仲，长洲人。唐寅，字伯虎，吴县人。沈周，号石田，长洲人。

③森罗万象，谓宇宙间存在之各种现象，森然罗列于前也。《法句经》："森罗及万象，一切之所印。"

④减灶，谓军中并灶而炊，以示虚弱也。战围时齐孙膑将兵入魏地，为十万灶。明日为五万灶，又明日为三万灶。魏将庞涓行三日，大喜曰："我固知齐军怯，入吾地三日，士卒亡者过半矣。"乃弃其步军急逐之，大败于马陵。涓自杀。背水，汉将韩信井陉口之战，背水而阵，大破赵军，斩陈余，擒赵歇，诸将皆贺，问："背水而胜，何也？"信曰："陷之死地而后生，置之亡地而后存也。"

⑤迹，谓袭其成法，蹈其故步。反，则不拘于形式，而师其心也。

⑥傅粉抹墨，谓优伶扮演。蔡中郎，汉蔡邕，故事流传，颇为民间所演唱，故借以为喻，即衣冠优孟之意。

⑦时文，对于古文而言，谓应试之文也。旧称八股文为时文。

⑧程，谓格式。

⑨业举师，谓学习举业之师。

⑩徐熙，南唐江宁人，一说钟陵人。善画花木草虫之类，花果尤佳。宋太宗尝曰："花果之妙。吾独知有熙。"此泛指当时画家。

中郎先生全集序

袁中道

中郎先生，少具慧业①，弱冠成进士，即有集行世。其《敝箧集》，为诸生、孝廉及初登第时作也。《锦帆集》，令吴门时作也。《解脱集》，以病改吴令，游吴越诸山水时作也。《广陵集》，去吴客真州时作也。《瓶花集》，为京兆授为太学博士、补仪曹时作也。《潇碧堂集》，请告归，卧柳浪湖上六年作也。《破砚集》，再补仪曹出使时作也。《华嵩游集》，官铨部典试秦中往返作也。盖自秦中归，移病还山，不数月而先生逝矣。其存者仍为《续集》二卷。

先生诗文，如《锦帆》《解脱》，意在破人之执缚，故时有游戏语；亦其才高胆大，无心于世之毁誉，聊以抒其意所欲言耳。黄鲁直②曰："老夫之书本无法也。但观世间万缘，如蚊蚋③聚散，未尝有一事横于胸中，故不择笔墨，遇纸则书，纸尽则已，亦不暇计人之品藻讥弹，譬如木人舞中节拍，人称其工，舞罢又萧然矣。"此真先生言前意也。

满帘寒蝶吹鼙风素鳞
飞出墨池室毕增浮世多
少睡诸辟瓦粹善见憷
消寒

　　然先生立言，虽不逐世之颦笑，而逸趣仙才，自非世匠所

及。即少年所作，或快爽之极，浮而不沉，情景大真，近而不远，

而出自灵窍，吐于慧舌，写于铦颖，萧萧泠泠，皆足以荡涤尘情，

消除热恼。况学以年变，笔随岁老。故自破砚以后，无一字无

来历，无一语不生动，无一篇不警策。健若没石之羽[4]，秀若出

徐渭《蟹鱼图》

水之花⑤。其中有摩诘，有杜陵，有昌黎，有长吉，有元白，而
又自有中郎。意有所喜，笔与之会，合众乐以成元音，控八河
而无异味，真天授，非人力也！天假之年，不知为后人拓多少
心胸，豁多少眼目；恐亦造化妒人，不肯发泄太尽耳，甫四十
余而即化去，伤哉！

先是家有刻不精，吴刻精而不备。近时刻者愈多，杂以《狂言》等赝书，唐突可恨。予校新安，始取家集，字栉句比，稍去其少年未定之语，按年分体，都为一集。

嗟呼！自宋元以来，诗文芜烂，鄙俚杂沓，本朝诸君子出而矫之，文准秦汉，诗则盛唐，人始知有古法。及其后也，剽窃雷同，如赝鼎伪觚⑥，徒取形似，无关神骨。先生出而振之，甫乃以意役法，不以法役意，一洗应酬格套之习，而诗文之精光始出。如名卉为寒氛所勒，索然枯槁，而杲日一照，竞皆鲜敷。如流泉壅闭，日归腐败，而一日疏瀹，波澜掀舞，淋漓秀润。至于今，天下之慧人才士，始知心灵无涯，搜之愈出，相与各呈其奇而互穷其变，然后人人有一段真面目溢露于楮墨之间。即方圆黑白相反，纯疵错出，而皆各有所长以垂之不朽，则先生之功于斯为大矣。

诸文人学子泥旧习者，或毛举先生少年时二三游戏之语，执为定案，遂谓蔑法自先生始。彼未全读其书，又为赝书所荧⑦，无足怪耳。今全集具在，请胸中先拈却"袁中郎"三字，止作前人未出诗文偶见于世，从首至尾，亶⑧引目力而谛观之。即未深入，亦可浅尝，有法无法，历然自辨。何乃成心不化，甫见标题，即摇头闭目不观，而妄肆讥弹为也！

至于一二学语者流，粗知趋向，又取先生少时偶尔率易之语，效颦学步，其究为俚俗，为纤巧，为莽荡，譬之百花开而棘刺之花亦开，泉水流而粪壤之水亦流，乌焉三写，必至之弊耳，岂先生之本旨哉！

总之，先生天纵异才，与世人有仙凡之隔，而学问自参悟中来。出其绪余为文字，实真龙一滴之雨，不得其源而强学之，宜其不似也。要以众目自虚，众心自灵，不美不能强之爱，不爱不能强之传。今美而爱，爱而传者，已大可见矣，亦无俟后来之子云⑨也。

先生之学，以暗然退藏⑩为主，其所造莫可涯涘。生平作人，冲粹夷雅⑪，同于元气，若得志，可使万物各得其所，其作用于作令、佐、铨时，微露其一斑，惜未竟其施。别有纪载，兹不复赘云。

【注释】

①慧业，佛教语，指智慧的业缘。

②黄庭坚，字鲁直，善行草书，自成一家。

③蚊蚋，蚊子。

④没石之羽，汉将李广疑石为虎，引弦射之，其镞没石。

⑤出水之花，谓莲花。

⑥赝鼎，《韩非子》："齐伐鲁，索谗鼎，鲁以其赝往。"觚，酒器。

⑦赝书，伪书。荧，惑也。

⑧亶，通"但"。仅、只。

⑨子云，汉扬雄字。

⑩暗然，隐晦貌。退藏，隐蔽也。

⑪冲粹夷雅，温醇平正也。

仇英《春夜宴桃李园》(局部)

殷生当歌集小序

袁中道

才人必有冶情，有所为而束之则近正，否则近衷①。丈夫心力强盛时，既无所短长于世，不得已逃之游冶，以消磊块不平之气，古之文人皆然。近日杨用修②云："一措大③何所畏，特是壮心不堪牢落，故耗磨之耳。"亦情语也。近有一文人酷爱声妓赏适，予规之，其人大笑曰："吾辈不得志于时，既不同缙绅④先生享安富尊荣之乐，止此一缕闲适之趣，复塞其路而欲与之同守官箴⑤，岂不苦哉？"其语卑卑，益可怜矣。饮酒者，有出于醉之外者也；征妓者，有出于欲之外者也。谢安石、李太白辈，岂即同酒食店中沉湎恶客，与鬻田宅迷花楼之浪子等哉？云月是同，溪山各异，不可不辨也。虽然，此亦是少年时言之耳。四十以后，便当寻清寂之乐，鸣泉灌木，可以当歌，何必粉黛⑥？予梦已醒，恐殷生之梦，尚栩栩也⑦。

殷生负美才，其落魄甚予，宜其情无所束，而大畅于簪裙⑧

之间。所著诗文甚多，此特其旁寄者耳。昔周昉^⑨画山水人物皆佳，而世独称其美人。此集之行，抑亦周昉美人类也。殷生行年如予，必当去三闹而杖孤藤，模写山容水态，从予于碧水青山之间。日可俟矣，予淬^⑩眼望之矣。酸腐居士袁中道书。

【注释】

①袤，同"邪"。

②杨慎，字用修，号升庵，四川新都人。曾官翰林修撰，充经筵讲官。记诵之博，著作之富，推明代第一。

③措大，贫士之称。《五代史》："老措大勿妄沮我军。"

④缙绅，古之仕者垂绅搢笏，故称官族曰缙绅。

⑤官箴，官吏之戒曰官箴。

⑥粉黛，粉以敷面，黛以画眉，二者皆妇女之妆饰品，代指妇女。

⑦栩栩，喜貌。

⑧簪、裙，皆女子饰服，故以称女子。

⑨周昉，字仲朗，一字景玄（景元），唐京兆人。为宣州长史。善写人物仕女，时称神品，名播中外。

⑩淬，净也。

陈无异寄生篇序

袁中道

六一居士①云："风霜冰雪，刻露清秀。"以山色言之，四时之变化亦多矣，而惟经风霜冰雪之余，则别有一种胜韵，淡淡漠漠，超于艳冶浓丽之外。春之盎盎②，百花献巧争妍者，不可胜数，而梅花独于风霜冰雪之中，以标格韵致③为万卉冠。故人徒知万物华于温燠之余，而不知长养于寒泜④之时者，为尤奇也。由此观之，士生而处丰厚，安居饱食，毫不沾风霜冰雪之气，即有所成，去凡品不远。惟夫计穷虑迫，困衡⑤之极，有志者往往淬砺⑥磨炼，琢为美器⑦。何者？心机震撼之后，灵机逼极而通，而知慧生焉⑧。即经世出世⑨之学问，皆由此出，而况于举业文字⑩乎？

吾友无异，少遭困厄，客寄四方，益自振，下帷发愤，穷极苦心。发为文章，清胜之气，迥出埃壒，若叶落见山，古梅着蕊，一遇慧眼⑪而兼收之，固其宜也。然予每会无异于长孺座上，嘿嘿^⑫而亲之，私自念此非经风霜冰雪之余，有以消磨其习气而然欤？

古人有言："能推食与人者，尝饥者也；赐之车马而辞焉者，不畏徒步者也。"若畏饥而惮步，则天下事其孰为之，怯为之，不亦多乎？无异常天下之难者也，必无难天下事矣。予以此券^⑬无异也。

【注释】

① 宋欧阳修，晚号六一居士。

② 盎盎，盛貌。《孟子》："盎于背。"注："其背盎盎然，盛也。"

③ 标格，谓风范也。韵致，谓风度也。

④ 寒沍，严寒冻闭之像。《左传》："深山穷谷，同阴沍寒。"

⑤ 困衡，《孟子》："困于心，衡于虑，而后作。"

⑥ 淬砺，即磨炼之意，喻人之进修。

⑦ 《礼》："玉不琢不成器。"

⑧ 《孟子》："人之有德慧术智者，恒存乎疢疾。独孤臣孽子，其操心也危，其虑患也深，故达。"

⑨ 经世，谓经纶世务也，犹今之经济、政治、社会之学。出世，谓超出尘世，如道家、释氏之学。

⑩ 举业文字，谓科举八股文章。

⑪慧眼，佛家语，五眼之一，是声闻之眼，能见实相。

⑫嘿嘿，同"默默"。

⑬券，契也，信也，引申为决定之义。

秋寻草自序

谭元春

予赴友人孟诞先之约，以有此寻也。是时，秋也，故曰"秋寻"。

夫秋也，草木疏而不积，山川淡而不媚，结束凉而不燥。比之春，如舍佳人而逢高僧于绽衣洗钵也。比之夏，如辞贵游而侣韵士于清泉白石也。比之冬，又如耻孤寒而露英雄于夜雨疏灯也。天以此时新其位置，洗其烦秽，待游人之至。而游人者，不能自清其胸中，以求秋之所在，而动曰"悲秋"。予尝言宋玉有悲，是以悲秋[①]，后人未尝有悲而悲之，不信胸中而信纸上，予悲夫悲秋者也。

天上山水多矣，老子之身不足以了其半，而辄于耳目步履中得一石一漱，徘徊难去：入西山恍然，入雷山恍然，入洪山恍然，入九峰山恍然，何恍然之多耶？然则予胸中或本有一"恍然"以来，而山山若遇也。

予乘秋而出，先秋而归。家有五弟，冠者四矣，皆能以至性奇情，佐予之所不及。花棚草径、柳堤瓜架之间，亦可乐也。曰"秋寻"者，又以见秋而外皆家居也。诞先曰："子家居诗少，秋寻诗多，吾为子刻《秋寻草》。"

【注释】

①宋玉，屈原弟子。盖悯其师之放逐，作《九辩》述其志以悲之。故云"宋玉有悲"。

仇英《金谷图》(局部)

昭华琯序

陈仁锡

　　文字，山水也；评文，游人也。夫文字之佳者，犹山水之得风而鸣，得雨而润，得云而鲜，得游人闲懒之意而活者也。游人有一种闲懒之意，则评文之一诀也。天公业案①，惟胡乱评文字为最。何也？山水遇得意之人固妙，遇失意之人亦妙，缘其人闲懒之意而山水活者，亦不必因其人憔悴之意而山水即死，总于山水无损也。借他人唾余②，装自己咳笑，而妄以咳笑乎山水，山水不大厌苦之乎？

　　嘉禾仲展项君，灵心异骨，拈花微笑③，而评文之劫④一开。一日，携《己未选》而问序。适携至洞庭⑤，从千万顷巨浪中，读一篇，浮一大白⑥；读一快评，浮十大白。酒尽浩歌，歌曰："有山方得地，见月始知天。"须臾，仲展之评，化为湖，湖化为酒。独不使籍中诸君子和我歌也，其中有山水之句也。又独不使仲展氏痛饮我酒也，其人乃山水之人也。夫曹所可而项否，曹所否而项可，项所生平可而今否，项君非敢得罪于人，不敢得罪于天也。凡以文章浪得名者，罪在窃国之上；项君不惟忏阅文之悔，而亦为海内忏作文之悔也。

【注释】

①业，佛家所谓恶因。案，狱讼论定者。

②唾余，谓唾弃之余也。

③拈花微笑，参悟惮理之貌。《传灯录》："世尊在灵山会上，拈花示众，是时众皆默然，惟迦叶尊者破颜微笑。"

④劫，灾厄也。佛经言天地之一成一败，谓之一劫。

⑤洞庭，应是太湖洞庭。

⑥大白，酒盏名。《说苑》："魏文侯与大夫饮酒，使公乘不仁为觞政，曰：饮不釂者，浮以大白。"

倪云林①集序

陈继儒

昔太伯、仲雍，文身断发，奔荆蛮，荆蛮义之，从而归者千余家②。其后吴主季札，季札弃其室而耕，乃舍之，已封于延陵③。倪云林先生者，自称"倪迂"，又自称"懒瓒"，又自称"荆蛮民"。荆蛮者，延陵之故乡，而先生之所居也。

先生，癖人也，而洁为甚。自太伯、仲雍、季札而后，梅福④洁于市，梁鸿⑤洁于佣，而指屈倪先生矣。先生高卧清秘，洗拭梧竹，摩挲鼎彝，此见洁者肤也。试问学道人，能于元兵未动，先散家人产乎？能见张士诚⑥兄弟，嘿不发一语乎？能避俗士如恐浼⑦乎？能画如董巨⑧，诗比陶韦王孟⑨，而不带一点纵横习气乎？余读先生之集，所谓其文约，其辞微，其知洁，其行廉，其称文少而其指极大，独先生足以当之。盖先生见几类梅福，孤寄类梁鸿，悉散家产赠之亲故，有荆蛮延陵之风。月清则华，水清则澄，云鲜露生焉。下此虽金碧丹青，滓焉而已，何堪与先生并？先生残煤断茧^⑩，江东之家，以有无为清俗。岂惟张我吴劲，即置先生于孔庑^⑪间，度无愧色。或曰："倪先生，癖人也，似未闻道。"余笑曰："否！否！圣人之行不同也，归洁其身而已矣。"

【注释】

①倪瓒，字元镇，元无锡人。有洁癖，工诗，善画山水，初师董源，晚年一变古法，以天真幽淡为宗。家富，四方名士日至其门。所居有清秘阁，多藏法书、名画、秘籍。四时卉木，萦绕其外。自号云林居士。至正初，忽散资给亲故，扁舟往来震泽、三泖间，张士诚累欲钩致之，逃渔舟以免。明太祖平吴，瓒已老，黄冠野服，混迹编氓以终，卒年七十四。

②吴太伯，周太王之长子，季历（即王季）之兄。季历贤而有圣子昌（即文王），太王欲传位季历以及昌，太伯知之，与仲雍（即虞仲，太王次子）逃之荆蛮，荆蛮立太伯为吴君。太伯卒，无子，仲雍立。

③吴季札，春秋吴公子，其父欲立之，辞不受，封于延陵，故称延陵季子。聘于上国，遍交当世贤士大夫，春秋之贤者也。延陵，今江苏武进县治。

④梅福，字子真，汉寿春人。少学长安，明《尚书》《穀梁春秋》，为郡文学，补南昌尉。后弃官家居。元始中，王莽专政，福一朝弃妻

子去，之九江，传以为仙。其后有见福于会稽者，变姓名为吴市门卒云。

⑤梁鸿，字伯鸾，后汉平陵人。家贫，尚节介。少孤。尝独止，不与人共食，比舍先炊已，呼鸿及热釜炊，鸿曰："童子鸿不因人热者也。"灭灶更炊之。及长，博览多通，不为章句学。娶同县孟氏女，名光，貌丑而贤，共入霸陵山中，以耕织为业，咏诗书弹琴以自娱。因东出关，过京师，作《五噫》之歌，章帝求之不得。乃易姓名，与妻子居齐鲁间。又去，适吴，依大家皋伯通，居庑下，为人赁春。每归，妻为具食，举案齐眉。伯通异之，乃舍之于家。及卒，葬要离冢旁。

⑥张士诚，元泰州人，以操舟运盐为业。元末起兵，陷泰州、高邮，自称诚王，国号大周。据有吴中，又称吴王。有土二千余里，带甲数十万。后为明将徐达、常遇春擒送金陵，自缢死。自起至亡，凡十四年。

⑦浼，音每，污也。《孟子》："尔焉能浼我哉？"

⑧董巨，谓董源及释巨然，五代时南唐画家，后入宋，均善山水。

⑨陶韦王孟，谓陶潜、韦应物、王维、孟浩然。

⑩残煤断茧，谓零星之墨迹也。

⑪孔庑，谓孔庙之两庑，所以祀先贤者也。

文娱序

陈继儒

往丁卯前，珰网告密①，余谓董思翁②云："吾与公此时，不愿为文昌③，但愿为天聋地哑④，庶几免于今之世矣⑤。"郑超宗闻而笑曰："闭门谢客，但以文自娱，庸何伤?"

近年缘读礼⑥之暇。搜讨时贤杂作小品而题评之，皆芽甲⑦一新，精彩八面，有法外法、味外味、韵外韵⑧，丽典新声，络绎奔会，似亦隆万⑨以来，气候秀擢之一会也。

往弇州公⑩代兴，雷轰霆鞫⑪，后生辈重跰⑫而从者，几类西昆之宗李义山⑬、江右之宗黄鲁直⑭。楚之袁氏⑮，思出而变之，欲以汉帜易赵帜⑯，而人不尽服也。然新陈相变，作者或孤出，或四起，神鹰掣韛而擘九霄⑰，天马脱辔而驰万里。即使弇州公见之，亦将感得气之先，发"起予"⑱之叹。白乐天有云："天下无正声，悦耳即为娱。"岂是谓耶?

超宗曰："吾侪草士，岂敢洋洋浮浮，批判先觉⑲。但古豪隽

仇英《梧竹消夏图》

必有寄，如皇甫淫㉑，杜预癖㉑，柱下之五千言㉒，毗耶之四十九年法㉓，即至人累世宿劫㉔，不能断文字缘，况吾辈乎？尝反覆诸贤文，一读之蠲愁，再读之释涕，三读之不觉呻吟疾痛之去体也，其庶几大祥之援琴乎哉！㉕"

余曰：宁唯是！开元㉖中，将军裴旻㉗居丧，诣吴道子㉘，请画鬼神于东都㉙天官壁，以资冥福。答曰："将军试为我缠结㉚舞剑一曲，庶因猛厉以通幽冥。"旻唯唯。脱去缞服㉛，装束走马，左旋右转，挥剑入云，高数十丈，若电光下射。旻引手执鞘㉜承之，剑透室而入。观者数千人，无不惊慄。道子于是援毫图壁，飒然风起，为天下之壮观。

郑超宗，磊落侠丈夫，文章高迈，名流见之皆辟易㉝。出其精鉴，选为《文娱》，斯亦吴道子东都之画壁耳。若康乐㉞娱于清谯，玄晖㉟娱于澄江，未足比于《文娱》之壮观也。

眉道人陈继儒书于砚庐中。

【注释】

①珰，指宦官。秦汉中常侍兼用士人，冠皆银珰左貂。后汉明帝以后，专用阉人，改以金珰右貂。故称宦官为珰。珰，华饰也。

②董思翁，名其昌，字玄宰，号思白，松江华亭人。万历进士。

③文昌，神名，祀之主科举禄位。此或言不欲使文字昌明也。

④天聋地哑，谓人之自然聋哑。不闻不语也。

⑤出自《论语》："难乎免于今之世矣。"

⑥读礼，《礼记》："居丧未葬，读丧礼。既葬，读祭礼。"古居丧则辍业，惟礼书之关于丧祭者则读之。故称居丧曰读礼。

⑦芽甲，谓草木所发生之子叶也。韩维诗："即看春风撼芽甲。"

⑧法外、味外、韵外，并出佛书。

⑨隆，谓穆宗隆庆。万，谓神宗万历。

⑩弇州公，谓王世贞，字元美，号凤洲，又号弇州山人。其诗文与李攀龙齐名。攀龙殁后，世贞主文坛者二十余年，标榜复古，有"诗必盛唐，文必西汉"之论。

⑪鞠，疑当作匔。匔，音轰，大声也。韩愈诗："匔然震动如雷霆。"

⑫胼，手掌、脚掌上的厚皮，俗称茧子。

⑬宋杨亿与刘筠、钱惟演等唱和之诗，编为一集，名《西昆酬唱集》。其诗大抵以李商隐、温庭筠为宗。义山，李商隐字。其诗感时伤事，颇得风人之旨。

⑭宋吕居仁作《江西诗社宗派图》。鲁直，黄庭坚字，其诗学杜甫而自成一体。江右，即江西。

⑮楚之袁氏，谓袁宏道兄弟三人。

⑯语出《史记》。喻袁氏欲夺弇州之席而主文坛也。

⑰谓神鹰之脱臂鞲而上击九霄也。

⑱《论语》："子曰：起予者，商也，始可与言诗已矣。"谓启发己意也。

⑲先觉，谓觉道最早也。《孟子》："予，天民之先觉者也。予将以斯道觉斯民也。"此指先辈而言。

⑳晋皇甫谧"耽玩典籍，忘寝与食，时人谓之书淫"。

㉑晋杜预修经籍，作《春秋左传集解》。尝对武帝曰："臣有《左传》癖。"

㉒老子，曾为柱下史，作《道德经》五千言。

㉓毗耶，地名，亦作毗邪。《维摩经》："尔时毗邪大城中，有长者名维摩诘。"维摩诘，菩萨名。按，释迦牟尼在迦耶山之菩提树下，大有所悟，遂四出说法，凡四十余年。此云毗耶，即指维摩诘。

㉔至人，犹言圣人，谓其德至极之人也。《庄子》："至人无己。"劫，灾厄也。佛经言天地之一成一败，谓之一劫。

㉕大祥，亲丧祭名。《礼记》："父母之丧，期而小祥，又期而大祥。"《清通礼》："是日，丧主及诸子奉亡者之主入祭于庙，乃撤寝室、灵座等。"故俗亦称除灵。句谓有如制终而得援琴之乐也。因眉公时正居丧读礼，故以此为喻。

㉖开元，唐玄宗年号。

㉗裴旻，善舞剑，与李白歌诗、张旭草书称三绝。

㉘吴道子，字道玄，唐阳翟人。善绘事，称画圣。

㉙时称洛阳为东都。

㉚缠结，用丝绳绸帛之类缠绕结束以作装饰，此谓结束衣服也。

㉛缞服，丧服也。以麻布被于胸前，三年之丧用之。

㉜鞘，刀室也。

㉝辟易，退避也。《史记·项羽本纪》：赤泉侯人马俱惊，辟易数里。

㉞康乐，谢灵运袭封康乐公，故有是称。

㉟玄晖，谢朓字。南北朝南齐阳夏人。文章清丽，善五言诗。尝为宣城太守，故世称谢宣城。

陶庵梦忆自序

张 岱

　　陶庵国破家亡，无所归止，披发入山，駴駴^①为野人。故旧见之，如毒药猛兽，愕窒不敢与接。作自挽诗，每欲引决，因《石匮书》未成，尚视息人世。然瓶粟屡罄，不能举火，始知首阳二老^②直头饿死，不食周粟，还是后人装点语也。饥饿之余，好弄笔墨。因思昔人生长王谢^③，颇事豪华，今日罹此果报：以笠报颅，以篑报踵，仇簪履也^④；以衲报裘，以苎报绤，仇轻暖也^⑤；以藿报肉，以粝报粮，仇甘旨也^⑥；以荐报床，以石报枕，仇温柔也^⑦；以绳报枢，以瓮报牖，仇爽垲也^⑧；以烟报目，以粪报鼻，仇香艳也；以途报足，以囊报肩，仇舆从也。种种罪案，从种种果报^⑨中见之。

　　鸡鸣枕上，夜气方回，因想余生平，繁华靡丽，过眼皆空，五十年来，总成一梦。今当黍熟黄粱^⑩，车旅蚁穴^⑪，当作如何消受？遥思往事，忆即书之，持向佛前，一一忏悔。不次岁月，异年谱也；不分门类，别《志林》也。偶拈一则，如游旧径，如见故人。城郭人民，翻用自喜⑫，真所谓痴人前不得说梦矣⑬。

昔有西陵脚夫，为人担酒，失足破其瓮，念无所偿，痴坐仁想曰："得是梦便好！"一寒士乡试中式，方赴鹿鸣宴⑭，恍然犹意非真，自啮其臂曰："莫是梦否？"一梦耳，惟恐其非梦，又惟恐其是梦，其为痴人则一也。余今大梦将寤，犹事雕虫⑮，又是一番梦呓。因叹慧业文人，名心难化，政如邯郸梦断⑯，漏尽钟鸣，卢生遗表，犹思摹拓二王，以流传后世，则其名根一点，坚固如佛家舍利⑰，劫引火猛烈，犹烧之不失也。

【注释】

①骊，同"骇"。《列子》："子列子之徒骊之。"

②首阳二老，谓伯夷、叔齐。殷亡，居首阳山，采薇而食。

③王谢，六朝王谢，世为望族，犹言富贵之门第也。

④笠、簪，皆竹制之具，以为冠履之用。

⑤衲，僧衣曰衲，谓百衲衣也。苧，麻也。绤，细葛布也。

⑥藿，草名，又豆叶也。粝，粗米也。粮，食米也。甘旨，味之美者。《韩诗外传》："鼻欲嗅芬芳，口欲嗜甘旨。"

⑦荐，卧席也。莞蒲曰席，稿秸曰荐。

仇英《竹林品古》（局部）

⑧绳枢，以绳系户枢；瓮牖，从瓮为窗牖：贫者之居也。爽垲，高燥之地也。《左传》："子之宅近市，湫隘嚣尘，不可以居，请更居爽垲者。"

⑨果报，佛家语。谓种因若善，即报以善果；种因若恶，即报以恶果是也。

⑩黄粱，唐沈既济《枕中记》略云：庐生于邯郸逆旅遇道者吕翁，授以枕，曰：枕此，当令子荣适如意。时主人正蒸黄粱，生梦入枕中。极人间之富贵。及醒，黄粱尚未熟。怪曰：岂其梦寐耶？翁笑曰：人世之事，亦犹是矣。

⑪车旅蚁穴，事本唐李公佐《南柯太守传》，叙东平淳于棼梦入蚁穴，南柯一梦。

⑫此本《搜神后记》丁令威事，略云：丁令威学道于灵虚山，后化鹤归辽，集华表柱云："有鸟有鸟丁令威，去家千年今始归。城郭如故人民非，何不学仙冢累累！"

⑬痴人说梦，《冷斋夜话》：僧伽龙朔中游江淮间，其迹甚异。有问之曰："汝何姓？"答曰："姓何。"又问曰："何国人？"答曰："何国人。"唐李邕作碑，不晓其言，乃书传曰："大师姓何，何国人。"此正所谓对痴人说梦耳。

⑭鹿鸣宴，科举时，乡试揭晓之翌日，宴主考、同考、执事各官及乡贡士，曰鹿鸣宴。唐时宴乡贡，用少牢，歌《鹿鸣》之章，故有此称。

⑮雕虫，扬雄《法言》："或问：吾子少而好赋。曰：然，童子雕虫篆刻。俄而曰：壮夫不为也。"后世言作文之事。

⑯邯郸梦断，即指"黄粱梦"事。

⑰舍利，释迦既卒，弟子阿难等焚其身，有骨子如五色珠，光莹坚固，名曰舍利子，因造塔以藏之。

⑱劫，灾厄曰劫。佛言天地之一成一败，谓之一劫。

西湖梦寻序

张 岱

余生不辰，阔别两湖二十八载，然西湖无日不入吾梦中，而梦中之西湖实未尝一日别余也。前甲午、丁酉两至西湖，如涌金门，商氏之楼外楼，祁氏之偶居，钱氏、余氏之别墅，及余家之寄园，一带湖庄，仅存瓦砾。则是余梦中所有者，反为西湖所无。及至断桥一望，凡昔日之弱柳夭桃、歌楼舞榭，如洪水淹没，百不存一矣。余乃急急走避，谓余为西湖而来，今所见若此，反不若保吾梦中之西湖为得计也。因想余梦与李供奉①异。供奉之梦天姥②，如神女名姝，梦所未见，其梦也幻。余之梦西湖也，如家同眷属，梦所故有，其梦也真。余今僦居他氏已二十三载，梦中犹在故居。旧役小傒，今已白头，梦中仍是总角③。夙习未除，故态难脱。而今而后，余但向蝶庵岑寂，蘧榻纡徐④，惟吾旧梦是保，一派西湖景色，犹端然未动也。儿曹诘问，偶为言之，总是梦中说梦，非魇即呓也。余犹山中人归自海上，盛称海错之美，乡人竞来共舐其眼。嗟嗟！金齑瑶柱，过舌即空，则舐眼亦何救其馋哉？第作《梦寻》七十二则，留之后世，以作西湖之影。

【注释】

①李白，尝于玄宗时供奉翰林，故称李供奉。

②天姥，山名，在浙江新昌县东五十里。李白有《梦游天姥吟留别》诗一篇。

③总角，男女未冠笄者之称，谓总聚其发而结束之也。

④蝶庵、蘧榻，俱言梦境。《庄子》："昔者庄周梦为胡蝶。栩栩然胡蝶也。自喻适志与，不知周也。俄然觉，则蘧蘧然周也。不知周之梦为胡蝶与，胡蝶之梦为周与？"

花史题词

陈继儒

吾家田舍，在十字水中。数重花外，设土刉①、竹床，及三教②书。除见道人③外，皆无益也。独生负花癖，每当二分④前后，日遣平头长须⑤，移花种之。犯风露，废栉沐。客笑曰："眉道人命带桃花⑥。"余笑曰："乃花带驿马星⑦耳。"幽居无事，欲辑《花史》传示子孙，而不意吾友王仲遵⑧先之。其所撰《花史》二十四卷，皆古人韵事，当与农书、种树书并传。读此史者，老于花中，可以长世；披荆畚砾，灌溉培植，皆有法度，可以经世；谢卿相灌园，又可以避世，可以玩世也。但飞而食肉者⑨，不略谙此味耳。

【注释】

①土刉，即土铫，爨器，如今之砂锅。

②三教，谓儒、释、道。

③见道人，悟道之人也。

④二分，谓春分、秋分，其时宜于种植也。

⑤平头，巾名。《唐书·舆服志》："隋文官有平头小样巾，百官常服，因于庶人。"梁武帝诗："平头奴子擎履箱。"长须，谓奴也。

⑥命带桃花，俗以桃花星为凶星。命谓星运也。星家以男女有怀春意者，曰命带桃花。

⑦驿马星，亦名天后。其日宜远行、赴任、移居，此盖谓劳碌也。

⑧王仲遵，名路，嘉兴人，有《花史左编》。

⑨食肉，指达官庸俗人，见《左传》"肉食者鄙"。

书草玄堂稿后

徐　渭

　　始女子之来嫁于婿家也，朱之粉之，倩之颦之①，步不敢越裙，语不敢见齿。不如是，则目之为非女子之态也。迨数十年，长子孙而近妪姥，于是黜朱粉，罢倩颦。横步之所加，莫非问耕织于奴婢；横口之所语，莫非呼鸡豕于圈槽。甚至龋齿而笑②，蓬首③而搔。盖回视向之所谓态者，真赧然以为妆缀取怜，矫真饰伪之物。而娣姒④者，犹望其婉婉娈娈⑤也，不亦可叹也哉！

　　渭之学为诗也，矜于昔而颣且放于今也，颇有类于是，其为娣姒哂也多矣。今校郦君之诗而悦然契，肃然敛容焉，盖真得先我而老之娣姒矣。

【注释】

　　①倩，笑靥美好貌。《诗》："巧笑倩兮。"颦，眉蹙也。
　　②龋齿而笑，露齿而笑。

③蓬首，发乱如蓬也。《诗》："自伯之东，首如飞蓬。"

④娣姒，妯娌也。

⑤婉娈，少好貌。《诗》："婉兮娈兮。"

自题诗后

锺　惺

李长叔曰："汝曹胜流，惜胸中书太多，诗文太好若能不读书，不作诗文，便是全副名士。"余怃然曰："快哉快哉！非子不能为此语，非我不能领子此语。惜忌者不解！使忌者解此语，其欲杀子，当甚于杀我。然余能善子语，决不能用子语；子持子语归为子用，吾异日且用子语。"数日后，举此示友夏[①]，友夏报我曰："长叔语快，子称长叔语尤快；仆称长叔与子语快者，语亦复快。"

夫以两人书淫诗癖[②]，而能叹赏不读书、不作诗文之语，则彼能为不读书、不作诗文语者，决不以读书、作文为非也。袁石公[③]有言："我辈非诗文不能度日。"此语与余颇同。昔人有问"长生诀"者，曰："只是断欲。"其人摇头曰："如此，虽寿千岁何益？"余辈今日不作诗文，有何生趣？然则余虽善长叔言，而不能用，长叔决不以我为非；正使以我为非，余且听之矣。

【注释】

①友夏，谭元春字。

②书淫，《晋书·皇甫谧传》：“耽玩典籍，忘寝与食，时人谓之书淫。”诗癖，《梁书·简文帝纪》：“七岁有诗癖，长而不倦。”

③石公，袁宏道号。

题画册一

李流芳

甲寅九月，扫墓新安①，过吴门，别季弟无垢于寓舍，持素册授余曰："遇新安山水佳处，当作数笔，归以相示，可当卧游②。"颔之而别。

自禹航从陆至丰于，一路溪山红树，晻映曲折，或旷或奥，皆在画中行。归自屯溪③，买舟沿溪而下，清流见底，奇峰怪石，参错溪中，两岩束之，上限云日。所谓舟行若穷，忽又无际者，昔人称新安江④之胜，今始见之。每欲一下笔，逡巡不敢，归与无垢言之，但相对一笑而已。然此册犹在余箧中，每开视之，犹作新安山水想。乙卯北上，乃复携之而行。京师尘埃蔽大，笔冻欲死，画意益不得发。

丙辰，落魄⑤而南，长夏闲居，思理笔研，简得此册，则曩时新安山水，又付之子虚乌有⑥矣。因随意弄笔，以解烦热，数日而册满，尚欲题字，识此一段因缘。邹仲锡一见便夺去，固索不得。好画如仲锡，便脱手相赠，不足复惜。但此册未画时，

唐寅《落霞孤鹜图》

已走新安往返二千里，京师八千里，中间游览之乐，车马风尘，
菀枯冰炭⑦之感，历历皆影现于此，不可不惜也。因题而归之。
丁巳五月二十四日。

【注释】

①新安，郡名，本汉末新都郡，晋改名，故城在今浙江淳安县西。
隋移治休宁，后又移治歙，唐废。休宁、歙二县，今皆属安徽。

②卧游，《南史》："宗少文好山水，爱远游，西涉荆巫，南登衡岳，
有疾，还江陵，叹曰：'老疾俱至，名山恐难遍睹，唯澄怀观道，卧以
游之。'凡所游履，皆图之于室，曰：'抚琴动操，欲令众山皆响。'"

③屯溪，水名，在安徽休宁县东南三十五里，新安江之上游也。

④新安江，源出安徽歙、黟二县之黄山。

⑤落魄，志行衰恶之貌。《史记》："家贫落魄。"

⑥子虚乌有，司马相如有《子虚赋》，假托子虚公子、乌有先生以
立言。后人因谓虚无之事，曰子虚乌有。

⑦菀枯，以喻优劣荣辱。《国语·晋语二》："晋优施通于骊姬，
姬欲害申生而难里克。乃饮里克酒，中饮，优施起舞曰：'暇豫之吾吾，
不如乌乌。人皆集于菀，尔独集于枯。'里克笑曰：'何谓菀？何谓枯？'
优施曰：'其母为夫人，其子为君，可不谓菀乎？其母既死，其子又有
谤，可不谓枯乎？'里克惧。乃定中立之计。"冰炭，言不能相合也。《盐
铁论》："冰炭不同器，日月不并明。"

题画册二

李流芳

　　维立兄以素绫小帧索画，且戒之曰："为我结想世外，勿作常景。"余思世外之景，则如三岛十洲、雪山鹫岭之类①，不独目所未经，亦意所不设也。其所能施笔墨，窃以为景在人中，而人所不能有之者多矣；前人之所有，而后之人不得而有之者多矣。夫人之所不得而有之，即谓之世外之景，其可乎？俯仰古今，思其人因及其地，或目之所可经，而意之所可设，是可以画。

　　画凡十帧：如渊明之柴桑②，无功之东皋③，六逸之竹溪④，贺监之鉴湖⑤，摩诘之辋川⑥，次山之浯溪⑦，乐天之庐山⑧，子瞻之雪堂⑨，君复之孤山⑩，所谓今之人不得而有之者也，如渔父之桃源⑪，则所谓人亦不得而有之者也。画成偶有所触，因各赋一诗。不咏其地而咏其人，以为地非人不能奇。如三岛十洲、雪山鹫岭，非仙佛亦不能奇也。然仙踪佛迹，不在世外，如桃

宗茶霄淳需王將軍之武

庫家史作軍跋出名臣章

子曰知仍逢脎馈可維九月

序屬三秋漆水參身青澤

清烟光淵西昔山崇儒錄

騷於上跆訪履景我業兩沼

帝子之長洲浮仙人之舊館

屑客峯崇上出童霄飛閣

流丹六臨無地韬以免潴彭

叠興之學迴桂殿蘭宮列圖

雲之龍楊枝繡闇俯雕甍

源之类，往往有之，非其人自不遇耳。余所咏诸贤，亦有不能终保丘壑者，或老于丘壑，而文采风流不足以传，并山川之奇湮没而不彰者，可胜道哉！如是，则古人之所不能尽有者，又

文徵明书《滕王阁序》（局部）

将待其人以有之。其人伊何？将求之世外乎？求之世间乎？请以此叩之维立。

【注释】

①三岛，即蓬莱、方丈、瀛洲也。在渤海中，神仙所居之山也。十洲，神仙之所居，在八方巨海之中。汉东方朔有《十洲记》，谓祖洲、瀛洲、玄洲、炎洲、长洲、元洲、流洲、生洲、凤麟洲、聚窟洲也。雪山，佛经称喜马拉雅山为雪山。鹫岭，亦曰灵鹫山，在印度，佛曾居此。

②柴桑，山名，在江西九江县西南九十里，汉以此名县。晋陶渊明家于此。

③无功，王绩字无功，号东皋子，隋末世乱，王绩辞官隐居于东皋。

④竹溪，唐开元间，李白、孔巢父、韩准、裴政、张叔明、陶沔六人隐居山东徂徕山，纵酒酣歌，称"竹溪六逸"。

⑤贺监，唐贺知章曾官秘书监，号秘书处监，晚年辞官归乡，居绍兴鉴湖。

⑥辋川，地名，在陕西蓝田县辋谷川口。唐王维（摩诘）之别业在此。

⑦浯溪，水名，在湖南祁阳县西南五里。唐元结（次山）家于此。

⑧庐山，在江西星子县西北，九江县南。唐白居易（乐天）曾筑室于此。

⑨雪堂，宋苏轼（子瞻）建。故址在今湖北黄冈县东。

⑩孤山，在浙江杭县西湖，位于里、外二湖之间。宋林逋（君复）

隐居于此。

⑪桃源，陶渊明有《桃花源记》，言武陵渔人入桃花林，遇秦时避乱者，后迷其处，盖寓言也。

书李山人画册

李陈玉①

古今书法、画苑及文章家，三堂一门，同工一曲。大要笔墨之业，书先之，文章继之，画则最后。"六书"初不过代结绳作注疏耳②，一变而文章，则宛然有声矣。再变而画，则确然有色矣。画者，书法之终，文章之极也，亦如律绝之有诗余也③。

从来画苑名家，半属能文之士，何也？其人之精神，必有以取万物之微，而后倒顺横斜，能转折赋形而出。故书法有正有勒，有侧有卧；画苑：鹊啄鱼游，钉头鼠尾，种种提放，即其法也。文章家有神有似，有断有续，有淡有浓，有详有略；画苑：斗牛踏驴，加毛点睛，即其致也。原其巧妙，同一关捩。是以东坡书法以涂竹，山谷竹法以作书，摩诘诗中有画，画中有诗。精灵所映，千灯一辉。即一颠书也，鲁公学之而为真，道子学之而为画，杨惠学之而为塑④。真则犹草之类也，画远矣，至塑则又远矣。今有人谓塑法本之书法，不以为迂乎？乃古之异人，往往以此寻梅而得杏，凝水以为冰，岂非灵则妙，妙则传，其原不可诬也。

　　余不能画，而稍知画意。大略以庄周、子长、东坡、太白、少陵诸君子文章之妙，以当辋川、龙眠、云林、石田⑤诸家之品评。即不甚严，而大嚼快人，亦复绝少。此卷，乃得之山人李墨匡氏，驰骋百科，模拟诸家，不仅肖其形似，且传其神髓。摹辋川即辋川，摹龙眠即龙眠，摹云林、石田即云林、石田。最可异者，唐六如⑥，画苑之子瞻也。山人提笔落笔，无一不叔敖⑦。此何异梁王苑中邹阳⑧，能以一人而兼诸人之赋乎？

　　山人书不甚佳，文章不甚工，玄风道气，确能领万物之微，此亦雅士之风流也。持此转工书法文章，又何异用菜为畜⑨？顾人性安于所近耳。声价籍甚，纨绮俗子持数十金不肯与一石。此卷解衣盘礴⑩，闭门三月。余一贫士，不惜捐以与焉。则余平生好善之怀，惜美之私，有以大服其心而破其所爱。因知夷门之椎⑪，延陵之剑⑫，皆此一念感激，尚足以夺人生死之情，况区区哉！彼发冢据船⑬，皆狡狯陋劣也。世间至宝，自足流传，决非一人一姓所得而私。平泉刻石⑭，贻讥达人；作蔡氏之秘⑮，抑又愚矣。此卷余亦将公之，计非以赠平生一大知己，

则即予平生所服膺为当吾世不可少之人。书画文章，皆天下之

公宝也。天下之公宝，应与天下公惜也。且因是而得以相天下

之士也。

仇英《四季仕女图》（局部）

【注释】

①李陈玉，字石守，号谦庵，吉阳人。崇祯末年，拜御史。明亡后隐居不仕。博学多闻，以经术文章名，著有《楚辞笺注》。

②六书，象形、指事、会意、形声、转注、假借，造字之原则也。上古结绳而治，后世圣人易之以书契，见《易》。注疏，本经传注解之谓，此言演绎变化也。

③诗余，昔称词为诗之余，故即名词曰诗余。《蜀中诗话》："唐人长短句，诗之余也。"

④颠，谓张旭，精草书。杜甫诗称"张旭三杯草圣传，脱帽露顶王公前，挥毫落纸如云烟"是也。鲁公，谓颜真卿。道子，吴道子。杨惠，即杨惠之。以上皆为唐朝人。

⑤辋川，谓王维（摩诘）。龙眠，李公麟，宋舒州人，号龙眠居士。云林，倪瓒字。石田，沈周字，明长洲人。

⑥唐寅，号六如，明吴县人。善画山水人物，无不精妙。

⑦叔敖，楚相孙叔敖卒，优孟为孙叔敖衣冠，抵掌谈笑，楚王以为孙叔敖复生。

⑧邹阳，汉临淄人。景帝时仕吴。后从梁孝王游，待为上客。

⑨斋，盐菜也。用菜为斋，言其易也。

⑩盘礴，充满广被貌，谓精神贯注也。

⑪夷门之椎，魏隐士侯赢为大梁夷门监者，信陵君甚礼之。后介其客朱亥，亥袖铁椎椎杀晋鄙，夺军救赵。

⑫延陵之剑，吴公子季札，封于延陵，称延陵季子。《史记》："季札之初使，北过徐君。徐君好季札剑，口弗敢言，季札心知之，为使上国，未献。还至徐，徐君已死，乃解其宝剑系之徐君冢树而去。"

⑬发冢，《庄子》："儒以诗礼发冢。"

⑭平泉，唐李德裕别业。

⑮蔡氏之秘，疑即蔡邕得王充《论衡》，秘不示人，曰：枕中鸿宝也。

记 传

西湖一

袁宏道

从武林门而西，望保叔塔①突兀层崖中，则已心飞湖上也。午刻入昭庆②，茶毕，即棹小舟入湖。山色如娥，花光如颊，温风如酒，波纹如绫，才一举头，已不觉目酣神醉，此时欲下一语描写不得，大约如东阿王梦中初遇洛神时也③。余游西湖始此，时万历丁酉二月十四日也。

晚同子公渡净寺，觅阿宾④旧住僧房，取道由六桥、岳坟、石径塘而归，草草领略，未及遍赏。次早得陶石篑帖子，至十九日，石篑兄弟同学佛人王静虚至，湖山好友，一时凑集矣。

【注释】

①保叔塔，在西湖宝石山。吴越钱氏有国时，有吴延爽者，往东阳请善导和尚舍利，建浮屠九级，附以僧坊，人称宝塔院。宋咸平中，僧永保有目青，化缘修塔，市人咸以师叔称之，因呼为保叔塔。

②昭庆，寺名。

③东阿王，谓曹植。洛神，宓妃也，溺死洛水为神。曹植有《洛神赋》。

④阿宾，当即袁中道。周作人：“《解脱集》及梨云馆本都云阿宾，袁小修所编《中郎全集》独改作小修二字，可知阿宾即是小修的小名也。”

西湖二

袁宏道

西湖最盛，为春，为月。一日之盛，为朝烟，为夕岚。今岁春雪甚盛，梅花为寒所勒，与杏桃相次开发，尤为奇观。

石篑数为余言：傅金吾园中梅，张功甫家故物也，急往观之！余时为桃花所恋，竟不忍去湖上。由断桥至苏堤一带，绿烟红雾，弥漫二十余里，歌吹为风，粉汗为雨，罗纨之盛，多于堤畔之草，艳冶极矣。

然杭人游湖，止午、未、申三时，其实湖光染翠之工，山岚设色之妙，皆在朝日始出，夕舂未下，始极其浓媚。月景尤不可言，花态柳情，山容水意，别是一种趣味。此乐留与山僧游客受用，安可为俗士道哉！

仇英《松溪横笛图》

孤　山

袁宏道

孤山处士[①]，妻梅子鹤，是世间第一种便宜人。我辈只为有了妻子，便惹许多闲事。撇之不得，傍之可厌，如衣败絮行荆棘中，步步牵挂。近日，雷峰[②]下有虞僧孺，亦无妻室，殆是孤山后身。所著《溪上落花诗》，虽不知于和靖如何，然一夜得百五十首，可谓迅捷之极。至于食淡参禅，则又加孤山一等矣。何代无奇人哉？

【注释】

①孤山处士，谓宋处士林逋。逋，字君复，结庐西湖之孤山，二十年足不及城市，卒谥和靖先生。

②雷峰，在西湖旁，道人雷就所居，故称雷峰。

飞来峰

袁宏道

湖上诸峰，当以飞来①为第一，高不余数十丈，而苍翠玉立。渴虎奔猊，不足为其怒也；神呼鬼立，不足为其怪也；秋水暮烟，不足为其色也；颠书吴画②，不足为其变幻诘曲也。石上多异木，不假土壤，根生石外。前后大小洞四五，窈窕通明，溜乳作花③，若刻若镂。壁间佛像，皆杨秃④所为，如美人面上瘢痕，奇丑可厌。

余前后登飞来者五。初次与黄道元、方子公同登，单衫短后，直穷莲花峰顶，每遇一石，无不发狂大叫。次与王闻溪同登。次为陶石篑、周海宁。次为王静虚、石篑兄弟。次为鲁休宁。每游一次，辄思作一诗，卒不可得。

【注释】

①飞来峰，在灵隐山东南。《舆地志》："晋时西僧慧理登此，叹曰：

'此是中天竺国灵鹫山之小岭，不知何年飞来！'因号其峰曰飞来，亦名灵鹫峰。"

②颠，谓张旭，精草书。吴，谓吴道子，善画鬼物。并唐名家。

③溜乳，谓石上滴溜如乳也。作花，谓纹彩也。

④杨秃，谓杨惠之，唐塑像名家。周作人亦云，杨秃当为元代杨琏真伽。

灵 隐

袁宏道

灵隐寺在北高峰下，寺最奇胜，门景尤好。由飞来峰至冷泉亭一带，涧水溜玉，画壁流青，是山之极胜处。亭在山门外，尝读乐天记有云：

亭在山下水中，寺西南隅，高不倍寻，广不累丈，撮奇搜胜，物无遁形。春之日，草熏木欣，可以导和纳粹。夏之日，风泠泉渟，可以蠲烦析酲。山树为盖，岩石为屏。云从栋生，水与阶平。坐而玩之，可濯足于床下；卧而狎之，可垂钓于枕上。潺湲洁澈，甘粹柔滑，眼目之璗，心舌之垢，不待盥涤，见辄除去。

观此记，亭当在水中。今依涧而立，涧阔不丈余，无可置亭者。然则冷泉之景，比旧盖减十分之七矣。

韬光在山之腰，出灵隐后一二里，路径甚可爱：古木婆娑，草香泉渍，淙淙之声，四分五路，达于山厨。庵内望钱塘江，

盛茂烨《梅柳待腊图》

浪纹可数。

　　余始入灵隐，疑宋之问诗不似，意古人取景，或亦如近代词客，捃拾帮凑。及登韬光，始知"沧海""浙江""扪萝""刳木"数语①，字字入画，古人真不可及矣。

　　宿韬光之次日，余与石篑、子公，同登北高峰绝顶而下。

【注释】

　　①《灵隐寺》诗，骆宾王、宋之问两集俱载，体为五言长律。略云："鹫岭郁岧峣，龙宫锁寂寥。楼观沧海日，门对浙江潮。……扪萝登塔远，刳木取泉遥。"

烟霞石屋①

袁宏道

　　烟霞洞，亦古亦幽，凉沁入骨，乳汁涔涔下。石屋虚明开朗，如一片云，欹侧而立，又如轩榭，可布几筵。余凡两过石屋，为佣奴所据，嘈杂若市，俱不得意而归。

【注释】

　　①烟霞、石屋，两洞名，俱在南高峰下。

莲花洞

袁宏道

　　莲花洞之前，为居然亭，亭轩豁可望，每一登览，则湖光献碧，须眉形影，如落镜中。六桥杨柳一络，牵风引浪，萧疏可爱，晴雨烟月，风景互异，净慈之绝胜处也。洞石玲珑若生，巧逾雕镂。余尝谓吴山、南屏一派，皆石骨土肤，中空四达，愈搜愈出。近若宋氏园亭，皆搜得者。又紫阳宫石为孙内使①搜出者甚多。噫！安得五丁神将，挽钱塘江水，将尘泥洗尽，山骨尽出，其奇奥当何如哉？

【注释】

　　①孙内使，名隆，为司礼太监。

天目[1]一

袁宏道

　　数日阴雨，苦甚。至双清庄，天稍霁。庄在山脚，诸僧留宿庄中，僧房甚精。溪流激石作声，彻夜到枕上。石篑[2]梦中误以为雨，愁极，遂不能寐。次早，山僧供茗糜，邀石篑起。石篑叹曰："暴雨如此，将安归乎？有卧游[3]耳。"僧曰："天已晴，风日甚美。响者乃溪声，非雨声也。"石篑大笑，急披衣起，啜茗数碗，即同行。

【注释】

　　①天目，山名，在浙江临安县西北五十里，与於潜县及安吉县接界。《元和志》："山有两峰。峰顶各一池，左右相对，名曰天目。"

　　②石篑，陶望龄号。

　　③卧游，《南史》："宗少文好山水，爱远游，西涉荆巫，南登衡岳，有疾，还江陵，叹曰：'老疾俱至，名山恐难遍睹，惟澄怀观道，卧以游之。'凡所游履，皆图之于室，曰：'抚琴动操，欲令众山皆响。'"

天目二

袁宏道

天目幽邃奇古，不可言。由庄至颠，可二十余里。凡山深僻者多荒凉，峭削者鲜迂曲，貌古则鲜妍不足，骨大则玲珑绝少，以至山高水乏，石峻毛枯。凡此，皆山之病。天目盈山皆壑，飞流淙淙，若万匹缟，一绝也。石色苍润，石骨奥巧，石径曲折，石壁竦峭，二绝也。虽幽谷悬岩，庵宇皆精，三绝也。余耳不喜雷，而天目雷声甚小，听之若婴儿声，四绝也。晓起看云，在绝壑下，白净如绵，奔腾如浪，尽大地作琉璃海，诸山尖出云上若萍，五绝也。然云变态最不常，其观奇甚，非山居久者不能悉其形状——山树大者几四十围，松形如盖，高不逾数尺，一株直万余钱，六绝也。头茶之香者，远胜龙井[①]，笋味类绍兴破塘，而清远过之，七绝也。余谓大江之南，修真栖隐之地，无逾此者，便有出缠[②]结室之想矣。

宿幻住之次日，晨起看云，已后登绝顶，晚而高峰死关。

次日，由活埋庵寻旧路而下。数日晴霁甚，山僧以为异，下山率相贺。山中僧四百余人，执礼甚恭，争以饭相劝。临行，诸

仇英《四季仕女图》（局部）

僧进曰："荒山僻小，不足当巨目，奈何?"余曰："天目山某等亦
有些子分，山僧不劳过谦，某亦不敢面誉。"因大笑而别。

【注释】

①龙井，在杭州西湖凤凰岭下，附近产茶最佳，号龙井茶。

②出缠，犹谓摆脱烦扰缠缚，佛家以俗世烦恼为缠。

天　池

袁宏道

　　从贺九岭而进，别是一洞天。峭壁削成，车不得方轨①。飞楼跨之，舆骑从楼下度。逾岭而西，平畴广野，与青峦紫逻②相映发。时方春仲，晚梅未尽谢，花片沾衣，香雾霏霏，弥漫十余里，一望皓白，若残雪在枝，奇石艳卉，间一点缀，青篁翠柏，参差而出。种种夺目，无暇记忆，归来思之，十不得一。独梦境恍惚，余芬犹在枕席间耳。

　　土人以茶为业，隙地皆种茶。室庐不甚大，行旅亦少。鸡犬隐隐，若在云中。因诵苏子瞻"空山无人，水流花开"之偈③，宛然如画。四顾参曹④，无一人可语者。余因下舆，令两下奚掖而行⑤。问若佳否？皆云："疲甚，那得佳？"行数里，始至山足。道旁青松，若老龙鳞，长林参天，苍岩蔽日，幽异不可名状。才至山腰，屏山献青，画峦滴翠。两年尘土面目，为之洗尽。低徊片晷，宛尔秦余⑥，马首红尘，恍若隔世事矣。

天池在山半，方可数十余丈。其泉玉色，横浸山腹。山巅有石，如莲花瓣，翠蕊摇空，鲜芳可爱。余时以勘地^⑦而往，无暇得造峰顶，至今为恨。

寂照庵在池旁，内有石室三间，柱瓦皆石，刻镂甚精。室后石殿一，殿甚宏敞，内外柱皆石，围三尺许。禅堂僧舍，周绕其侧，亦胜地也。时寺僧方有搆^⑧，庵内行脚挂褡^⑨者多。余意欲讽其去，因大书简板曰："种阿僧祇善根^⑩，亲非亲，怨非怨，阳焰空华，诸法皆如幻；遍阎浮提^⑪佛土，去自去，来自来，闲云野鹤，何天不可飞？"自是诸僧稍稍散矣。

【注释】

①方轨，谓两车并行也。《史记》："车不得方轨。"

②逻，岩侧也。许浑诗："溪逻斗芙蓉。"

③偈，极艺切，佛家所唱词句谓之偈。

④参曹，谓官署同僚。

⑤下奚，谓仆。掖，夹持也，扶掖也。

⑥秦余，谓秦世劫余，犹言乱离之后也。

⑦勘，覆定也，查察也。意谓有公务之在身也。

⑧搆，应作构，间隙也。

⑨行脚，僧人游行十方，谓之行脚。挂褡，《类篇》："僧人投寺寄寓，谓之挂褡。"褡，衣敝也。

⑩阿僧祇，意指不可算计，无量数，无央数。

⑪阎浮提，梵语，见佛经，即南赡部洲。阎浮乃赡部之异译。阎浮，树名，其林茂盛，此洲最多，故以名洲。

虎丘记

袁宏道

虎丘①去城可七八里，其山无高岩邃壑，独以近城故，箫鼓楼船，无日无之。凡月之夜，花之晨，雪之夕，游人往来，纷错如织，而中秋为尤胜。每至是日，倾城阖户，连臂而至。衣冠士女，下迨蔀屋②，莫不靓妆丽服，重茵累席，置酒交衢间。从千人石上至山门，栉比如鳞。檀板③丘积，樽罍④云泻。远而望之，如雁落平沙，霞铺江上，雷辊电霍⑤，无得而状。

布席之初，唱者千百，声若聚蚊，不可辨识。分曹部署，竞以歌喉相斗，雅俗既陈，妍媸自别。未几，而摇首顿足者，得数十人而已。已而，明月浮空，石光如练，一切瓦釜⑥，寂然停声。属而和者，才三四人，一箫，一寸管，一人缓板而歌，竹肉相发，清声亮彻，听者魂销。比至夜深，月影横斜，荇藻凌乱，则箫板亦不复用。一夫登场，四座屏息，音若细发，响彻云际，每度一字，几尽一刻，飞鸟为之徘徊，壮士听而下泪矣。

剑泉深不可测，飞岩如削。千顷云得天池诸山作案，峦壑竞秀，最可觞客，但过午则日光射人，不堪久坐耳。文昌阁亦佳，晚树尤可观。面北为平远堂旧址，空旷无际，仅虞山⑦一点在望。堂废已久，余与江进之⑧谋所以复之，欲祠韦苏州、白乐天⑨诸公于其中，而病寻作。余既乞归，恐进之之兴亦阑矣。山川兴废，信有时哉！

吏吴两载，登虎丘者六。最后与江进之、方子公同登，迟月生公石上，歌者闻令来，皆避匿去。余因谓进之曰："甚矣，乌纱之横，皂隶⑩之俗哉！他日去官，有不听曲此石上者，如月！"今余幸得解官称吴客矣。虎丘之月，不知尚识余言否耶？

【注释】

①虎丘，山名，在江苏吴县西北七里。相传吴王阖闾葬此，三日而虎踞其上，故名。泉石奇胜，登眺则全城在目，苏州之胜地也。

②蔀屋，指贫家。

③檀板，即拍板，此指一切乐器。

④樽罍，谓杯盘饮食之具。

⑤雷辊，言如雷鸣之速。电霍，言如电闪之速。

⑥瓦釜，指下劣之乐。《楚辞》："黄钟毁弃，瓦釜雷鸣。"

⑦虞山，在江苏常熟县西北。

⑧江进之，名盈科，湖广桃源人，万历进士。

⑨韦应物、白居易，都曾守吴郡。

⑩皂隶，贱役也。后世以役于官署，出司呼殿，入执刑杖侍立者，曰皂隶。

游敬亭山^①记

王思任

"天际识归舟，云中辨江树^②。"不道宣城，不知言者之赏心也。

姑孰^③据江之上游，山魁而水怒。从青山讨宛^④，则曲曲镜湾，吐云蒸媚，山水秀而清矣。曾过响潭，鸟语入流，两壁互答。望敬亭，绛雾浮嶂^⑤，令我杳然生翼，而吏卒守之^⑥，不得动。既束带竣谒事，乃以青鞋走眺之。

一径千绕，绿霞翳染，不知几千万竹树，党结寒阴，使人骨面之血，皆为蔷^⑦碧。而向之所谓鸟啼莺啭者，但有茫然，竟不知声在何处。厨人尾我，以一觞劳之留云阁上，至此而又知"众鸟高飞尽，孤云独往还^⑧"造句之精也。朓乎！白乎！归来乎！吾与尔凌丹梯^⑨以接天语也。

日暮景收，峰涛^⑩沸乱，饥猿出啼，予慄然不能止。归卧舟中，梦登一大亭，有古柏一本，可五六人围，高百丈余，世眼

未睹，世相不及，峭崿斗突，逼嵌其中，榜曰"敬亭"，又与予

所游者异。嗟乎！昼夜相半，牛山短而蕉鹿长[11]，回视霭空间，

仇英《四季仕女图》（局部）

梦何在乎？游亦何在乎？又焉知予向者游之非梦，而梦之非游

也？止可以壬寅四月记之尔。

【注释】

①敬亭山，一名昭亭山，又名查山，在今安徽宣城县北。高数百丈，千岩万壑，为近郭名胜。

②两句为南齐谢朓《之宣城郡出新林浦向板桥》诗中句。

③姑孰，今安徽当涂县。晋时置城戍守。后遂为重镇。《元和志》："姑孰城，以姑孰溪名。"

④青山讨宛，青山在当涂东南三十里，林壑秀美，南齐谢朓筑室于是。讨宛，《诗·秦风》："蒙伐有宛。"《传》："蒙，讨羽也。"《笺》："讨，杂也。"《尔雅·释丘》："丘上有丘，为宛丘。"此句似为青山蜿蜒之意。

⑤雰，雾气也。巇，山高貌。

⑥戍守重镇，指姑孰。

⑦酱，醉色也。

⑧两句为唐李白《独坐敬亭山》诗句。原诗云："众鸟高飞尽，孤云独去闲。相看两不厌，只有敬亭山。"

⑨凌丹梯，谓驾天梯而上也。谢朓《游敬亭山》诗："要欲追奇趣，即此凌丹梯。"

⑩峰涛，谓山巅风声也。

⑪牛山，《晏子春秋》："齐景公游于牛山，北临其国而流涕。"蕉鹿，谓梦也。郑人有薪于野者，遇骇鹿，御而击之，毙之，恐人见之也，遽而藏诸隍中，覆之以蕉，不胜其喜。俄而遗其所藏之处，遂以为梦焉。

朱德润《松下鸣琴图》

记　游

陈仁锡

　　尝读太史公书，始知蓬莱、方丈、瀛洲为三山，始皇好奇，衷徐福语，遂举求仙问药事，心快之。吾吴金、焦、北固名袭而实在，欲为山灵，拭汗及登金①之妙高台、焦②之吸江亭、北固③之三山楼，青冥落地，龙江无色。不知一片热世界，失在何处。玉兔④为两，金乌⑤作双。低回于明镜中，若远若近。而琳宫紫刹，飞廊舞磴，为之色矜。呜呼！所谓蓬莱、方丈、瀛洲⑥，名挂图籍，而试以此律，其实无由也。然古今游三山⑦者，咸便帆过舫，稍稍载笔延讨，辄以傲人。是以皮相⑧引山灵，贻辱非浅，如此游山，与未游等耳。

　　数年前，闻风结想，几深梦寐。及游，则裹岁粮，携同心⑨一二，奇书数种，嗒然⑩居之。鸡五喔后，急奋策孤往，据绝顶最高处。细观云之往来凑合，度水入林，含崖吐谷，或白衣，或苍狗，或桥梁，或车盖，姿状万出，应接不暇。日始升，则回视日所瞩⑪处，隐跃显晦，远近浓淡之奇，毕在林峦相错时。及反照，静看落鸦帆影，出没长江之致，不以丹金五色为奇也。大雨后，短衣狼狈⑫，趋乱壑重泉间观水，势不能直行，跃舞飞鸣，与山争奇于一隙之内。春时，花未发，先课数诗，商拟开时景色。及烂缦⑬，离花数百武，择危楼杰构，置酒凭栏，与客指点霞封绮错之奇。秋则山水本色，譬犹病客乍痊，动定闲静，又如醉士卧起七碗⑭茶后也。奇石露奇，怪木呈怪，江之形澄以远，泉之响悠以调，真堪歌李青莲绝句数首消之。此盖三山之胜场，古今游之所不及也。回视蓬莱、方丈、瀛洲，失覈⑮负名，不大可愧耶！

【注释】

①金山，在江苏丹徒县西北，旧在江中，今四周沙涨成陆。本名浮玉山，以裴头陀开山得金，因名。

②焦山，在丹徒县东九里大江中，与金山对峙，相距十里许，以后汉处士焦先隐此而名。

③北固山，在丹徒县北一里，山斗入江，三面临水，梁武帝曰："此岭不足资固守，然于京口，实乃壮观。"乃改曰北顾。

④玉兔，指月。傅咸文："月中何有？有玉兔捣药。"

⑤金乌，日也。昔人相传日中有三足乌。韩愈诗："金乌海底初飞来。"

⑥蓬莱、方丈、瀛洲，海中三神山也。

⑦三山，即指金、焦、北固。

仇英《四季仕女图》（局部）

⑧皮相，言但观外貌也。《史记》："足下目皮相，恐失天下士。"

⑨同心，谓知己友人也。《易》："二人同心，其利断金。同心之言，其臭如兰。"

⑩嗒然，颓丧也。《庄子》："嗒焉似丧其偶。"

⑪瞩，照也。

⑫狼狈，困顿窘迫之貌。李密《陈情表》："臣之进退，实为狼狈。"

⑬烂缦，光彩分布也。

⑭七碗，卢仝《谢孟谏议茶歌》："七碗吃不得也，惟觉两腋习习清风生。"后因以言饮茶之趣。

⑮失爱，即失考也。

西湖七月半

张　岱

西湖七月半，一无可看，止可看看七月半之人。看七月半之人，以五类看之。其一，楼船箫鼓，峨冠盛筵，灯火优傒，声光相乱，名为看月而实不见月者，看之。其一，亦船亦楼，名娃闺秀，携及童娈，笑啼杂之，环坐露台，左右盼望，身在月下而实不看月者，看之。其一，亦船亦声歌，名妓闲僧，浅斟低唱，弱管轻丝，竹肉①相发，亦在月下，亦看月而欲人看其看月者，看之。其一，不舟不车，不衫不帻，酒醉饭饱，呼群三五，跻入人丛，昭庆、断桥，嚣呼嘈杂，装假醉，唱无腔曲，月亦看，看月者亦看，不看月者亦看，而实无一看者，看之。其一，小船轻幌，净几暖炉，茶铛旋煮，素瓷静递，好友佳人，邀月同坐，或匿影树下，或逃嚣里湖，看月而人不见其看月之态，亦不作意看月者，看之。

杭人游湖，巳出酉归，避月如仇。是夕好名，逐队争出，

多犒门军酒钱，轿夫擎燎，列俟岸上。一入舟，速②舟子急放断

桥，赶入胜会。以故二鼓以前，人声鼓吹，如沸如撼，如魇如呓，

如聋如哑。大船小船，一齐凑岸，一无所见，止见篙击篙，舟

触舟，肩摩肩，面看面而已。少刻兴尽，官府度散，皂隶喝道去。轿夫叫，船上人怖以关门，灯笼火把如列星，——簇拥而去。岸上人亦逐队赶门，渐稀渐薄，顷刻散尽矣。吾辈始舣舟近岸，断桥石磴始凉，席其上，呼客纵饮。此时月如镜新磨，山复整妆，湖复颒③面。向之浅斟低唱者出，匿影树下者亦出。

吾辈往通声气，拉与同坐。韵友来，名妓至，杯箸安，竹肉发。月色苍凉，东方将白，客方散去。吾辈纵舟，酣睡于十里荷花之中，香气拍人，清梦甚惬。

【注释】

①竹，谓箫管。肉，谓歌喉。

②速，召也，促也。

③颒，洗面也。

湖心亭小记

张　岱

　　崇祯五年十二月，余住西湖。大雪三日，湖中人鸟声俱绝。是日，更定矣，余拏一小舟，拥毳衣炉火，独往湖心亭看雪。雾凇沆砀①，天与云、与山、与水，上下一白。湖上影子，惟长堤一痕，湖心亭一点，与余舟一芥，舟中人两三粒而已。到亭上，有两人铺毡对坐，一童子烧酒炉正沸。见余，大惊，喜曰："湖上焉得更有此人！"拉与同饮，余强饮三大白而别。问其姓氏，是金陵人，客此。及下船，舟子喃喃曰："莫说相公痴，更有痴似相公者。"

【注释】

　　①沆砀，白气之貌也。

砚北楼记

袁中道

万历庚戌夏，中郎请安归楚，卜居沙头，得敞楼茸之，名之曰"砚北"。余问其故，中郎曰：

昔通人段成式①云："杯宴之余，常居砚北。"夫人生闲适之趣，未有过于身在砚北，时亲韦编②者也。我昔居柳浪六年，日拥百城③，即夜分犹手一编。神甚适，貌日腴。及入宦途，簿书鞅掌④，应酬柴棘⑤，南北间关⑥，形瘁心劳，几不能有此砚北之身，今幸而归矣。中年以后，血气渐衰，宜动少静多，以自节啬。山水虽适，跋涉亦苦。此亦宗少文筑室江陵，息影卧游⑦时也。然而寂处一室，又未能即效寒灰古木⑧之事，势不能无所寄，以悦此生，柳下之锻，叔夜所以寄也⑨，吾不堪劳。曲蘖之逃，元亮所以寄也⑩，吾无其量。白鹤何常之调，戴仲岳所以寄也⑪，吾不解操。若夫贮粉黛，教歌舞，以耗壮心而遣余年，往时犹有此习，今殊厌之。昔裴公美一生醉心祖道，而晚

唐寅《春山伴侣图》

年托钵歌伎之院，自云可以说法度人⑫。白乐天亦解乘理，至头白齿豁，时携群粉狐往牛寄章宅中斗歌。此有何好，而自云天上人间，无如此乐。虽云游云幻霞，无所染污，然道人自有本色行径⑬。汤能沃雪，雪盛汤凝，火能销冰，冰强火灭，出水乖莲花之质，切泥损太阿⑭之锋。以此为寄，是以漏脯止饥，白雪已浊也，吾必不为。然则吾之所寄，惟此数于卷书耳。陶弘景⑮谓人生解识，不能周于天壤，区区惟恣五欲⑯，实可愧耻。挂冠神武⑰，遂居积金涧之松风阁，孜孜批阅，此吾师也。往周旋龙湖老子⑱，见其老不废书，人或规之，老子曰："他日青莲池上，诸大士娓娓竖义⑲，我以固陋，张口云雾，此几许痛苦。"人以为谑。吾实心佩其言。今而后，将聚万卷于此楼，作老蠹鱼，游戏题蹴⑳。兴之所到，时复挥洒数语，以疏瀹性灵，而悦此砚北之身。吾志毕矣，吾计定矣。此余命名意也，弟其为我记之。

余曰："诺。"遂退而次其语为记。

【注释】

①通人，《论衡》："博览古今者为通人。"段成式，唐临淄人，博学强记，著有《酉阳杂俎》。

②韦编，韦皮也，所以缀竹简，此指书籍。《史记·孔子世家》："读《易》韦编三绝。"

③百城，《北史》："李谧言：'丈夫拥书万卷，何假南面百城。'"

④鞅掌，烦劳也。

⑤柴棘，繁杂也。

⑥间关，艰涩之义，状道路之难行。

⑦宗炳，字少文，南朝宋南阳人。尝西涉荆巫，南登衡岳，因结宇衡山。以疾还江陵，叹曰："老病俱至，名山恐难遍观，惟当澄怀观道，卧以游之。"凡所游履，皆图之于室，谓人曰："抚琴动操，欲令众山皆响。"

⑧寒灰古木，语本《庄子》"身如槁木，心如死灰"之意。

⑨嵇康，字叔夜，性好锻，常于暑月柳树下锻。

⑩陶潜，字元亮，性嗜酒，集中多饮酒诗。

⑪戴勃，字仲岳，戴逵子，善琴。以上并晋人。

⑫裴休，字公美。《癸辛杂识》："唐裴休晚年披毳衲，于歌姬院捧钵乞食。"祖道，谓佛法。

⑬本色，谓本来面目也。行径，人之行诣也。

⑭太阿，剑名。见《越绝书》。

⑮陶弘景，南北朝时秣陵人。齐高帝时尝为诸王侍读，后隐于句容句曲山。好神仙，年八十五，无疾而卒，或传其仙去。

⑯五欲，佛家以色、声、香、味、触为五欲。

⑰挂冠，谓弃官而去也。汉王莽杀其子宇，逢萌曰："三纲绝矣，不去，祸将及人。"即解冠挂东都城门，将家属浮海。神武，城门名，亦作神虎门。《南史·陶弘景传》："永明十年，脱朝服挂神武门，上表辞禄。"

⑱龙湖老子，谓李卓吾。卓吾，名赘，居龙湖，故名。

⑲竖义，立义也，犹言说法。

⑳题签，题端也。签，轴心也。米芾《书史》："隋唐藏书皆金题玉签。"此言书籍耳。

爽籁亭记

袁中道

　　玉泉初如溅珠，注为修泉，至此忽有大石横峙，去地丈余，邮泉而下，忽落地作大声，闻数里。予来山中，常爱听之。泉畔有石，可敷蒲，至则趺坐①终日。其初至也，气浮意嚣，耳与泉不深入，风柯谷鸟，犹得而乱之。及瞑而息矣，收吾视，返吾听②，万缘俱却，嗒焉丧偶③，而后泉之变态百出。初如哀松碎玉，已如鹍弦④铁拨，已如疾雷震霆，摇荡川岳。故予神愈静，则泉愈喧也。泉之喧者，入吾耳而注吾心：萧然泠然，浣濯肺腑，疏瀹尘垢，洒乎忘身世而一死生。故泉愈喧，则吾神愈静也。

　　夫泉之得予也，予为导其渠之壅滞，除其旁之草莱，汰其底之泥沙，濯足者有禁，牛马之蹂践者有禁。予之功德于泉者，止此耳。自予之得泉也，旧有热恼之疾，根于生前，蔓于生后，师友不能箴，灵文不能洗；而与泠泠之泉遇，则无涯柴棘⑤，若春日之泮薄冰而秋风之陨败箨⑥。泉之功德于我者，岂其微哉！

泉与予又安可须臾离也？故予居此数日，无日不听泉。初曦落
照往焉，惟长夏亭午⑦，不胜烁也，则暂去之矣。斜风细雨往焉，
惟滂沱淋漓，偃盖之松不能蔽也，则暂去之矣。暂去之而予心
皇皇然，若有失也，乃谋之山僧，结茅为亭于泉上，四置轩窗，

文伯仁《秋山游览图》

可坐可卧。亭成而叹曰：是骄阳之所不能驱，而猛雨之所不能逐也，与明月而偕来，逐梦寐而不舍。吾今乃得有此泉乎？且古今之乐，自八音⑧止耳；今而后，始知八音外，别有泉音一部。世之王公大人，不能听，亦不暇听，而专以供高人逸士，陶写

性灵之用。虽帝王之咸音韶武⑨，犹不能与此泠泠世外之声较也，

而况其他乎？予何幸而得有之，岂非天所以赍⑩予者与？

于是置几移榻，穷日夜不舍，而字之曰"爽籁"⑪云。

【注释】

①趺坐，僧人盘腿而坐也。

②收视返听，不骛于外物也。陆机《文赋》："其始也，皆收视返听，耽思旁讯。"

③嗒焉丧偶，《庄子》："嗒焉似丧其耦。"耦，同"偶"。丧耦，丧失伴侣之意。

④鹍弦，刘孝绰《乌夜啼》："鹍弦且辍弄，鹤操暂停徽。"按，嵇康《琴赋》曰"鹍鸡游弦。"李善注云："古相和歌有《鹍鸡曲》。"《楚辞》："鹍鸡啁哳而悲鸣。"

⑤柴棘，《世说新语》："深公云：人谓庾元规名士，胸中柴棘三斗许。"

⑥泮，散也。陨，落也。箨，竹皮也。

⑦亭午，孙绰赋："羲和亭午。"注："亭，至也。午，日中也。"梁元帝《纂要》："日在午曰亭午。"

⑧八音，金、石、丝、竹、匏、土、革、木，谓之八音。金，钟也。石，磬也。丝，琴瑟也。竹，箫管之属。匏，笙竽也。土，埙也。革，鼓也。木，柷敔也。

⑨咸音，谓咸池之音。《周礼》："舞咸池以祭地示。"尧乐名《大咸》，亦曰《咸池》，一曰黄帝之乐。韶武，韶谓韶濩，乐名，殷汤所作，亦曰大濩。《左传》："见舞韶濩者。"武，亦乐名。周武王所作。《论语》："谓武尽美矣，未尽善也。"

⑩赉，赐予也。《论语》："周有大赉。"

⑪爽籁，王勃《滕王阁序》："爽籁发而清风生。"爽，清快也。籁，凡空虚所发之声，曰籁，如天籁、地籁。

偶园记

康范生[①]

綵北郭门外，有长虹跨江，吾邑所称凤林桥也。逾桥而北，沿河西行数十武，则偶园在焉。三面环山，一面距河。左右古刹邻园，多寿樟修竹、高梧深柳。竹柳之间，有小楼隐见者，芳草阁也。据高眺远，西山爽气[②]，倍觉亲人。下临澄江，晴光映沼，从竹影柳阴中视之，如金碧铺地，目不周玩。顷之，有小艇穿桥东来，掠岸而西，波纹尽裂，乃知是水。春霖积旬，秋江方涨，楼边洲渚，尽成湖海。游舫直抵槛下，门前高柳，反露梢中流。西山百尺老樟，可攀枝直上。若乃雪朝凭栏，千山皎洁；月夕临风，四顾凄清。南望楼台浮图，尽供点缀矣。

由芳草阁而北，为江霞馆。洞开重门，长江在几席间。判以卫垣，使波光玲珑透入。邻园竹高千寻，随风狂舞，乱拥阶前；积雪压之，直伏庭下；日见雪消，则以次渐起。

由江霞馆而北，为兰皋，深隐可坐。上有小楼，可眺北山。

山下平畴百亩，寓目旷如。

由兰皋折而西，为夕揽亭。开窗东向，芙蓉柏栗诸树。颇堪披对。距邻寺仅隔一垣，暮鼓晨钟，足发深省，梵贝③琅琅。可从枕上听。

凡是数者，皆名号仅存。风雨粗蔽，遂俨然以"偶园"题之。

客有教余楼前凿池，池上安亭，栏内莳花，庭前叠石者，余唯唯否否。祖生击楫④，陶公运甓⑤，彼何人哉！士不获蕃庸于时，寄一枝⑥以避俗藏身，岂得已也。且夫圣人不凝滞于物，而能与世推移⑦，一切嗜好，固无足以累之。坡老与舅书云："书画奇物，吾视之如粪土耳。"此语非坡老不能道，非坡老不肯道，非坡老亦不敢道也。书画且然，况其他乎？园亭同自清娱，然着意简饰，未免身安佚乐，无裨世用，即其神明，亦几何为山水花木所凝滞哉！余之为是园也，庶几弗为吾累也。偶然而园之。亦姑偶然而记之云尔。

【注释】

①康范生，字小范，安福人。崇祯举人，曾仕南明抗清，兵败后隐居。著有《仿指南录》。

②《世说新语》："王徽之云：两山朝来致有爽气。"

③梵即佛。贝即贝叶，经也。梵贝，即诵佛经声。

④祖逖，晋范阳人，字士稚。元帝时，为豫州刺史，渡江击楫，誓曰："不清中原而复济者，有如此江！"

⑤陶侃，晋寻阳人，字士行。明帝时，拜征西大将军，都督荆襄军事，平苏峻之乱。初为广州刺史，日运百甓习劳，曰："吾方致力中原，过尔优逸，恐不堪事。"

⑥一枝，《庄子》："鼹鼠饮河，不过满腹。鹪鹩巢林，不过一枝。"

⑦两句本屈原《渔父》，言圣人不固执己见，能随世转移。

王穀祥《玉兰图》

汾湖石记

叶小鸾

汾湖石者，盖得之于汾湖也。其时水落而岸高，流涸而厓出。有人曰：湖之湄有石焉，累累然而多，遂命舟致之。其大小圆缺，衺①尺不一，其色则苍然，其状则盆②然，皆可爱也。询之居旁之人，亦不知谁之所遗矣。岂其昔为繁华之所，以年代邈远，故湮没而无闻耶？抑开辟以来，石固生于兹水者耶？若其生于兹水，今不过遇而出之也。若其昔为繁华之所湮没而无闻者，则可悲甚矣。想其人之植此石也，必有花木隐映，池台依倚。歌童与舞女流连，游客偕骚人啸咏。林壑交美，烟霞有主，不亦游观之乐乎！今皆不知化为何物矣。且并颓垣废井，荒途旧址之跡，一无可存而考之。独兹石之颓卧乎湖侧，不知其几百年也，而今出之，不亦悲哉！

虽然，当夫流波之冲激而奔排，鱼虾之游泳而窟穴，秋风吹芦花之瑟瑟，寒宵唳征雁之嘹嘹。苍烟白露，蒹葭无际。钓艇渔帆，吹横笛而出没；萍钿荇带，杂黛螺而萦覆。则此石之存于天地之间也，其殆与湖之水冷落于无穷已耶？今乃一旦罗之于庭，复使垒之而为山。荫之以茂树，披之以苍苔，杂红英之璀璨，纷素蕊之芬芳。细草春碧，明月秋朗，翠微③缭绕于其颠，飞花点缀乎其岩。乃至楹槛之间，登高台而送归云；窗轩之际，照遐景而生清风。回思昔之啸咏流连游观之乐者，不又复见之于今乎？则是石之沉于水者可悲，今之遇而出之者又可喜也。若使水不落，湖不涸，则至今犹埋于层波之间耳。石固亦有时也哉！

【注释】

①衮，广衮也。东西曰广，南北曰衮。

②嶻，高险也。

③翠微，山气青缥之色也。

山居斗鸡记

袁宏道

余向在山居。南邻一姓金氏，隐于掾^①，爱畜美鸡。一姓蒋氏，隐于商，从燕地归，得一巨鸡。燕地种原巨，而此巨特甚。足高尺许，粗毛厉嘴，行迟迟有野鹤状，婆娑可人^②。群鸡见之，辄避去。独掾隐家一鸡，纵步饮啄如常。玉羽金冠，娟然更可人。然其体状，较之巨鸡，止可五之一。巨鸡遇之，侮其小，随意如啄^③，美鸡体状虽小，气不肯下，便跃然起斗。巨鸡张翅雄视，时欲即下。美鸡惟凝意抵防，不敢轻发。于是各张武勇，且前且后，两两相持，每费余刻。巨鸡或逞雄一下；美鸡自分不能当，即乘来势，从匿巨鸡跨下，避其冲甚巧。巨鸡一时不知美鸡置身何所；美鸡从巨鸡尾后腾起，乘其不意，亦得一加于巨鸡。巨鸡才一受毒，便怒张扑来，美鸡巧不及避，乃大受荼毒^④。余自初观斗至此，大抵见美鸡或得一捷，则大生欢喜，且睁睁盼美鸡或再捷，而卒不可得，而亦终不想及为之所。美鸡将不堪。

余正在烦恼间，有童子从东来，停足凝眸。既而抱不平，乃手搏巨鸡，容美鸡恣意数啄，复大挥巨鸡几掌。巨鸡失势遁去，美鸡乘势蹑其后，直抵其家。须臾，巨鸡复还追美鸡至斗所，童子仍前，如是再四。适两书生见童子谆谆⑤用意为此，乃笑曰："我未见人而乃与畜类相搏以为事也。"童子曰："较之读书带乌纱帽，与豪家横族共搏小民，不犹愈耶?"两书生愧出。

余久病，未尝出里许，世间锄强扶弱，豪行快举，了不得见，见此以为奇，逢人便说。说而人笑，余亦笑；人不笑，余亦笑。说而笑，笑而跳，竟以此了一日也。

【注释】

①掾，原为佐助的意思，后为副官或官署属员的通称。

②婆娑，往来徘徊貌。可人，谓称人意也。

③啅，同"啄"。

④荼，苦菜。毒，螫人之虫，皆恶物。荼毒并言，以喻苦也。

⑤谆谆，忠谨貌。《汉书》："劳心谆谆。"

雁荡龙湫①记

傅宗龙

昔者龙与雁遇于山海之间，芙蓉之野。龙谓雁曰："吾冬潜而夏见，子春去而秋来，吾与子代乘四运②。吾为鳞长，子亦羽王，吾与子为友可乎？"雁曰："然。吾与子俱游于渊，而飞于天，子乘云而奋鬐③，吾乘风而矫翼④，吾亦愿与子友。"于是相与友善。

龙邀雁而游于弱水⑤之滨，雁惧羽沉，回翔而不能下，龙微哂⑥之。雁诡曰："吾闻水弱，狎而玩之者多死焉，吾不可以玩，弱故也。"雁复邀龙而游于蓬莱之岛，龙欣然诺之。属天方旱，龙不敢兴云。雁曰："子今者之潜，可谓无用。"龙乃大怒，裂山破岩而起，洪水骤溢，浸日稽天⑦。

天帝顾谓玉女曰："女其为我制之！"玉女左手执朱旗，右手执彤管⑧。乘双鸾而下，至于响岭，使谓龙曰："天帝命我觞女。"撞钟击鼓，聚百神焉。复令天丁植一柱于前，戏龙使盘之，龙倦而蜿蜒石室间。玉女复饮以西池⑨之醴，龙垂首吸之，醉不能起。雁见之曰："吾友上不在天，下不在地，饮酒濡首，不如节也。"龙遥谓之曰："子亦知潜之义乎？潜于渊以隐鳞也，潜于酒以隐神也。吾向不忍潜，以及于此，今吾将隐吾神焉。"雁悟曰："信然。吾向者顾见弱水，乃复回翔，则亦羽之为累也夫！"于是龙遗其鳞，雁堕其羽，相要为汗漫⑩之游。至于今唯二氏之子孙时来往焉。

是说也，得于雁荡龙湫之长住老人。予心知其妄，亦姑妄记之。

【注释】

①雁荡，山名，在浙江乐清县东九十里。盘曲数百里，其峰百有二，谷十，洞八，岩三十，争奇竞胜，游历难遍。绝顶有湖，水常不涸，雁之春归者留宿焉，故曰雁荡。龙湫，在雁荡山。盖瀑布也。又《明一统志》："江西丰城县有龙湫，相传中有蛰龙，虽遇旱潦，水无增减。"似应指此。

②代乘四运，言迭相隐见于四时也。

③鬐，鱼脊也。

④矫，高举也。

文徵明《横塘图》

⑤弱水，《书》："导弱水至于合黎，余波入于流沙。"《清一统志》以谓古之言弱水者不一，然皆非《禹贡》之弱水。《山海经》一说如下："西海之南，流沙之滨，有大山曰昆仑之丘，其下有弱水之渊环之。"注云："其水不胜鸿毛。"

⑥哂，讥笑。

⑦稽天，《庄子》："大浸稽天而不溺。"稽，至也。

⑧彤管，赤管笔也，女史记事规诲之所执者。《诗》："贻我彤管。"《后汉书》："女史彤管，记功书过。"

⑨西池，谓西王母之瑶池。《穆天子传》："周穆王好神仙，临西王母于瑶池之上。"

⑩汗漫，犹放浪任意之谓。

记　梦

李应昇

　　己未之冬，望前一日，以课士宿鹿洞①。步月林皋，云月濛濛，不尽幽赏之怀。检次游名山记，奇峦异壑，此心飘然万山之上矣。抱寒衾，理孤寝，乃梦登天池②。篆烟幽阁，了非人境。汗漫③游屐。忽陟一巅，问其名，曰石云也。一峰插水，水齿攒啮，森如奇鬼搏人。倚峰而坐，僧龛甚幽。水光入帘，摇摇心目。卷帘窥之，水石相涵，神光四映，峰上下都作宝色。惊喜赞叹，语家伯子曰："此琥珀峰也。"却亦不知伯子何自入山。遂共寻胜迹，相与问途。若有若无，非近非远。忽又入一精舍，激水飞泉，如珠如雪，风鼓室摇，寒不可立。其后有峰。崔嵬巉岏④亘天际。逶迤而下，乃为石掌，掌作莲花，片片参错涌出，室四面皆然。环掌有泉，渊泓亭乳，蜿蜒如壁，净彻可鉴。泉外围峰，曲折高下，如笙之编竹，如笔架之齐尖，如翠屏之映彩。山僧为余言，此石门也。其西北隅，一石壁，有方窦，耸身入焉。乞得大士⑤净水一瓯，人手覆地，掬取余滴入口，不辨何香味。顾视石巅，下临无际。有雕栏环接。梯之以行，柔脆欲断，余心怖甚。伯子惊堕矣，若大士挈之得免。攀延数百丈而下，则悬崖绝磴，烟云飞泉，都失所在。见家大人端坐一室，惊告其故，曰："汝梦耶？"余恍然未答。濡毫染翰，若将吟诗，忽焉惊寤。枕畔松风，依稀梦境也。

【注释】

①鹿洞，即白鹿洞。在江西星子县北庐山五老峰下。唐李渤与兄李涉读书庐山。常畜一白鹿自随，因名以洞。南唐于此建学。宋初始置书院，后废。朱子知南康军，重建复之，讲学其地。明清两代皆建书院以课士。

②天池，海也。《庄子》："穷发之北，有溟海者，天池也。"此或言仙境之意。

③汗漫，《淮南子》："吾与汗漫期于九垓之外。""汗漫，不可知之也。"犹放浪任意之谓。

④崔嵬，土山之戴石者。《诗》："陟彼崔嵬。"巉岏，高也。一云，山竦立貌。《楚辞》："登巉岏以长企兮。"

⑤大士，佛家之称号。士之义为事，谓能运心广大，以建佛事者也。此即指观音大士而言。

拟秦始皇坑儒

丘兆麟

秦始皇三十四年，置酒咸阳宫，博士①七十人前为寿。丞相李斯奏曰："今天下已定，法令出于一，黔首②则力农工，士则学习法令。今诸生不师法令，而学古宽衣博带，饰虚言以乱实，人善其所私学，以非上之所建立，非竖则瞀③，无益于国，请尽坑之。"制曰："可。"会鲁庐生侯生亦讥议始皇，始皇怒曰："朕④厚待士，而易其讪耶？"使使按察诸生，相连数百人。制曰："竖儒⑤！亲廉⑥问之，分列国以次来前！"

吏引数百人上，标其左曰："此为齐，为楚，为赵，为魏。"标其右曰："此为燕，为韩，为鲁、卫、宋、中山之遗。"始皇曰："繁！质其十之二三。"

出齐儒，质之曰："何以？"曰："生识之矣。孟尝君养士三千人，盗裘出之国，鸡鸣出之关⑦，齐以为功，诸生至今菁蔡⑧之以为家学。"始皇曰："鄙，驱去之！"

出赵儒，而质之曰："何以？"曰："平原君为楚王之会，毛遂按剑劫楚王，碌碌十九人与俱⑨，与有名焉，今尚存二三也。"始皇曰："谲，驱去之！"

出燕儒，而质之曰："何以？"曰："先昭王好士，筑黄金台，郭隗先之⑩，诸生以靡，至今尚逐逐⑪也。"始皇曰："躁，驱出之！"

出宋儒，而质之曰："何以？"曰："我宋固以章甫为儒者也⑫，今多适越南⑬，亦寥寥矣。"始皇曰："迂，驱出之！"

出鲁儒，而质之曰："何以？"曰："惟我鲁多儒，先君以明其礼教，先孔子有言：'儒有忠信以为甲胄，礼义以为干橹⑭。戴仁而行，抱义而处。章逢掖⑮，裒衣带⑯，以异乎短后胡服者。'是故虽有暴政，不更其所。"始皇怒曰："奸哉鲁儒！今以鲁为秦，奚为不更其所哉！"鲁儒无以应。

始皇叹曰："以天下之大，而无儒一人。今此质者，无异庸⑰黔首，而鲁儒奸傲戾趣⑱。"令鲁儒尽坑之。

【注释】

①博士，官名，秦置，博通古今之意。

②黔首，谓百姓也。《史记·秦始皇本纪》："更名民曰黔首。"

③竖。卑琐浅陋之意。瞀,无知识曰瞀。《史记》有"竖儒"。《荀子》有"瞀儒"。

④朕,秦始皇定为皇帝之自称。

⑤竖儒,谓小儒也。

⑥廉,察也。

谢环《杏园雅集图》（局部）

⑦孟尝君，战国时齐之公族，名文，田氏。封于薛。相齐，招致贤士，食客数千人。入秦，昭王欲杀之，孟尝君使人抵昭王幸姬求解，幸姬曰："妾愿得君狐白裘。"此时，孟尝君有一狐白裘，值千金，天下无双，入秦献之昭王，更无他裘。孟尝君患之，遍问客莫能对。最下坐有能为狗盗者，曰："臣能得狐白裘一。"乃夜为狗以入秦宫藏中，

取所献狐白裘至，以献昭王幸姬。幸姬为言昭王，昭王释孟尝君，孟尝君得出，即驰去。夜半，至函谷关，秦王悔之，求之已去，即使人逐之。孟尝君至关，关法，鸡鸣而出客。孟尝君恐追至，客之居下坐者，有能为鸡鸣，而鸡尽鸣，遂发传（犹今之驿券）出。出如食顷，秦追果至关，已后孟尝君出，乃还。

⑧著蔡。著草用以筮；大龟出蔡地。故谓之蔡，用以卜也。《楚辞》："著蔡兮踊跃。"

⑨平原君，战国赵武灵王之子，名胜，封于平原，故号平原君。相赵，好宾客，至者数千人。秦围邯郸，赵使平原君求救合纵于楚。约与食客门下有勇力文武备具者二十人偕，得十九人，余无可取者，无以满二十人。门下有毛遂者，自荐请从，十九人相与目笑之。至楚，平原君与楚言合纵，日中不决。十九人谓毛遂曰："先生上。"毛遂按剑历阶而上，劫楚王，约遂定。于是顾谓十九人曰："公等碌碌，所谓因人成事者也。"碌碌，随从之貌也。

⑩黄金台，战国时燕昭王筑台于易水东南，置千金其上，延于下士，号黄金台。郭隗，燕人。昭王欲得贤士，以报齐仇，隗曰："有求千里马者，费千金往，马已死，五百金买其骨还。怒曰：何为！曰：死为尚买之，况生者乎？马至矣。不期年，千里之马至者三。大王欲招贤，先从隗始，贤于隗者，岂远千里哉？"于是昭王为筑台而师事之。乐毅、邹衍、剧辛，果闻风而至。

⑪靡，犹靡靡。相随顺之意。《书》："商俗靡靡。"逐逐，必欲得

之貌。《易》："其欲逐逐。"亦作渐进不已解。

⑫章甫，即缁布冠也。《礼记》："孔子长居宋，冠章甫之冠。"

⑬宋儒适越，按，《庄子》"宋有资章甫而适诸越，越人断发文身，无所用之。"不知是否即其本。

⑭各句俱见《礼记》。干橹，小楯、大楯也。

⑮掖，与腋同，臂下也。逢，大也。《礼记》："衣逢掖之衣。"谓大袂之衣也。章，华饰也。

⑯衰衣带，谓褒衣博带，即大衣广带，儒者之服也。

⑰庸，愚也。句谓无异愚民也。

⑱戾，乖也。趣，向也。

拙效传

袁宏道

石公①曰："天下之佼于趋避者，兔也，而猎者得之；乌贼鱼吐墨以自蔽，乃为杀身之梯。巧何用哉？夫藏身之计，雀不如燕，谋生之术，鹳不如鸠，古记之矣。作《拙效传》。"

家有四钝仆：一名冬，一名东，一名戚，一名奎。

冬，余仆也。掀鼻削面，蓝睛虬须，色若锈铁。尝从余武昌，偶令过邻生处，归失道，往返数十回，见他仆过者，亦不问。时年已四十余。余偶出，见其凄凉四顾，如欲哭者，呼之，大喜过望。性嗜酒。一日，家方煮醪②，冬乞得一盏，适有他役，即忘之案上，为一婢子窃饮尽。煮酒者怜之，与酒如前。冬伛偻突间，为薪焰所着，一烘而过，须眉几火，家人大笑，仍与他酒一瓶。冬甚喜，挈瓶沸汤中，俟暖即饮，偶为汤所溅，失手堕瓶，竟不得一口，瞠目而出。尝令开门，门枢稍紧，极力一推，身随门辟，头颅触地，足过顶上，举家大笑。今年随至燕邸。与诸门隶嬉游半载，问其姓名，一无所知。

东貌亦古，然稍有诙气。少役于伯修。伯修聘继室时，令入城市③饼。家去城百里，吉期已迫，约以三日归。日晡④不至，家严同伯修门外望；至夕，见一荷担从柳堤来者，东也。家严大喜，急引至舍，释担视之，仅得蜜一瓮。问饼何在？东曰：“昨至城隅，见蜜价贱，遂市之。饼价贵，未可市也。”时约以明纳礼，竟不得行。

戚、奎，皆三弟仆。戚尝刈薪，跪而缚之，力过绳断，拳及其胸，闷绝仆地，半日始苏。奎貌若野獐，年三十尚未冠，发后攒作一纽，如大绳状。弟与钱市帽，奎忘其纽。及归，束发加帽，眼鼻俱入帽中，骇叹竟日。一日，至比舍，犬逐之，即张空拳相角，如与人交艺者，竟啮其指。其痴绝皆此类。

然余家狡猾之仆，往往得过，独四拙颇能守法。其狡猾者相继逐去，资身无策，多不过一二年，不免冻馁。而四拙以无过，坐而衣食，主者谅其无他，计口而授之粟，唯恐其失所也。噫，亦足以见拙者之效矣！

【注释】

① 石公，即袁宏道，字中郎，又字无学，号石公。

② 醪，浊酒，或江米酒。

③ 市，交易，买。

④ 晡，申时，即午后三点至五点。

回君传

袁中道

　　回君者，邑人，于予为表兄弟。深目大鼻，繁须髯，貌大类俳场上所演回回状，予友丘长孺见而呼之曰"回"，邑人遂"回"之焉。

　　回聪慧，耽娱乐，嗜酒，喜妓入骨。家有庐舍田亩，荡尽，赤贫。善博戏，时与人赌，得钱即以市酒，邑人皆恶之。

　　予少年好嬉游，绝喜与饮，邑人以之规予曰："予辈亦可共饮，乃与无赖人饮，何也？"予曰："君辈乌足与饮！盖予尝见君辈饮焉，当其饮时，心若有所思，目若有所注。杯虽在手，而意别有营，强为一笑，随即愀然，身上常若有极大事相绊，不肯久坐。偶然一醉，勉强矜持，关防忍默。夫人生无事不苦，独把杯一刻，差为可乐，犹不放怀，其鄙何如？古人饮酒，惟恐不舒，尚借丝竹歌舞，以泻其怀。况有愁人在前乎！回则不然。方其欲酒之时，而酒忽至，如病得药，如猿得果，如久饿之马，

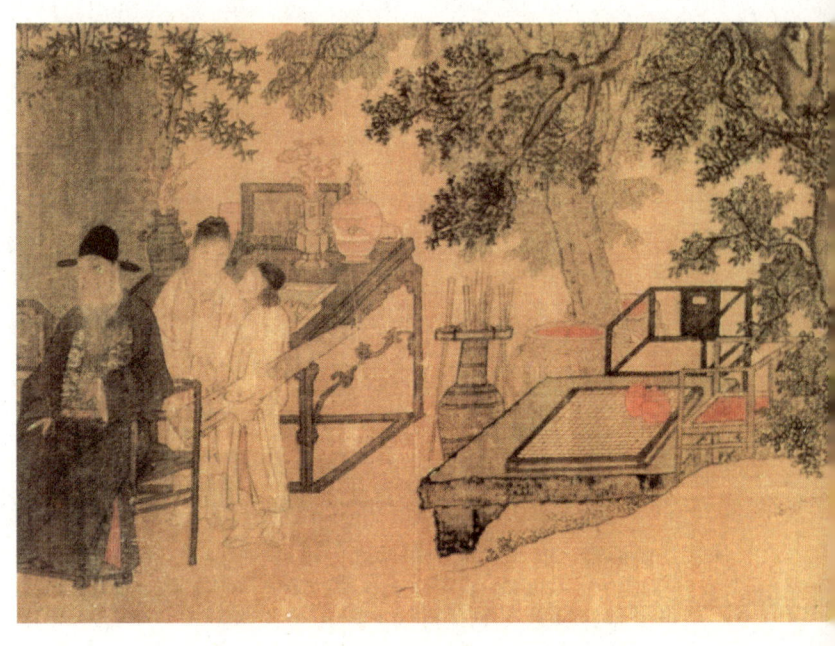

望水涯芳草，蹄足骄嘶，奔腾而往也。耳目一，心志专，自酒以外，更无所知。于于焉，嬉嬉焉。语言重复，形容颠倒，笑口不收，四肢百骸，皆有喜气。与之饮，大能助人欢畅，予是以日愿与之饮也。"人又曰："此荡子不顾家，乌足取？"予曰："回

谢环《杏园雅集图》(局部)

为一身,荡去田产;君有田千顷,终日焦劳,未及四十,须鬓已白。回不顾家,君不顾身,身与家孰亲?回宜笑子,子反笑回耶?"其人无以应。

回有一妻一子,然率在外,饮即向人家住,不归。每十日送柴米归，至门大呼曰："柴米在此！"即去。其妻出取，已去百步外矣。腰系一丝囊，常虚无一文。时予问回曰："虚矣，何以为计？"回笑曰："即至矣，即实。"予又谓曰："未可用尽。"回又笑曰："若不用尽，必不来。"予曰："何以知之？"曰："我自二十后，无立锥地，又不为商贾，然此囊随尽随有。虽邑中遭水旱，人多饿焉，而予独如故。予自知天不绝我，故终不营。"予曰："善。"

　　回丧其子，予往慰之。回方醉，人家招之来，笑谓予曰："绝嗣之忧，宁至我乎？"相牵入酒家，痛饮达旦。

　　嗟乎！予几年前性刚命蹇，其牢骚不平之气，尽寄之酒，偕回及豪少年二十余人，结为酒社。大会时，各置一巨瓯，较其饮最多者，推以为长。予饮较多，已大酺，恍惚见二十饮人皆拜堂下。时月色正明，相携步斗湖堤上，见大江自天际来，晶莹辉朗，波涛激岸，汹涌澎湃，相与大叫，笑声如雷。是夜城中居民，皆不得眠。

　　今予复以失意就食京华，所遇皆贵人，不敢过为颠狂，以取罪戾。易州①酒价贵，无力饮，其余内酒、黄酒，不堪饮。且予近益厌繁华，喜静定，枯坐一室，或有两三日未饮时，量日以退，兴日以索。近又戒杀，将来酒皆须戒之，岂能如曩日之豪饮乎？而小弟有书来，乃云：余二十少年皆散去，独回家日贫，饮酒日益甚。予乃叹曰："人不堪其忧，回也不改其乐，贤哉回也。②"

【注释】

①易州，今河北省易县。

②此本《论语》孔子赞颜回之辞。"回"字适同，借用弥觉其趣。

白云先生传

锺 惺

林古度①曰：白云先生陈昂者②，字云仲，福建莆田黄石街人也。所居所至，人皆不知其何许人。自隐于诗，性命以之。独与马公子用昭善，先生诗所谓"自天亡我友"者，即其人也。

其后莆田中倭③，城且破，先生领妻子，奔豫章④，织草屦为食，不给，继之以卜。泛彭蠡⑤，憩匡庐山⑥，观陶令之迹⑦，皆有诗。已入楚，由江陵⑧入蜀，附僧舟佣爨以往。至亦辄佣于僧，遂遍历三峡、剑门⑨之胜，登峨嵋⑩焉。所佣僧辄死，返自蜀，寓江陵、松滋、公安、巴陵⑪诸处。至金陵⑫，姚太守稍客之，给居食。久之，姚太守亦死，无所依，仍卖卜秦淮⑬，或自榜片纸于扉，为人佣作诗文。其巷中人，有小小庆吊，持百钱、斗米与之，辄随所求以应。无则又卖卜，或杂以织屦。而林古度与其兄楸者，闽人林孝廉初文子，寓居金陵者也。一日，兄弟过其门，见所榜片纸于扉者，色有异，突入其室，问知为莆田人，颇述其平生。一扉之内，席床缶灶，败纸退笔，错处其中。检其文诗诵之，是时古度虽年少，颇晓其大意，称之。每称其一诗，辄反面向壁，流涕悲咽，至于失声。其后每过门，辄袖饼饵食之，辄喜，复出其诗，泣如前。居数年，竟穷以死。其子仓皇出，觅棺衣，舁之中野。

古度兄弟急走索其集，无所得，得先生手书五言今体一帙。五言今体者，五言律、排律也。其诗予莫能名，其自序略云："昂壮夫时，尤嗜五言，第家贫无多古书，得王右丞[14]即诵读右丞，得杜工部[15]即诵读工部。间取其所中规中矩者，时或一周旋之，又时或一折旋之，含笔腐毫，研精殚思。"今观其五言律七百首，则先生所学所得，实录实际，尽此数言矣。其云末一卷为排律，亦不存。盖谢生兆申云："先生有集十六卷，在江浦[16]族人家"，或亦有据，今刻其存者，以次购之。

论曰：明自有诗，而二三君子者，自有其明诗，何隘也？画地为限，不得入。自缙绅士夫，诗有本末者，非其所交游品目，不使得见于世者多矣。况老贱晦辱之尤，如陈昂者乎？近有徐渭、宋登春，皆以穷而显晦于诗，诗皆逊昂，然未有如昂之穷者也。予尝默思公织屦卖卜、佣爨[17]慵书时，胸中皆作何想？其视世人纷纷藉藉，过乎其前者，眼中皆以为何物？求其意象所在而不得。吾友张慎言曰："今自入市门，见卖菜佣皆宜物色[18]之，恐有如白云先生其人者。"甚矣，有激乎其言之也。

【注释】

①林古度，明末清初著名诗人。字茂之，号那子，别号乳山道士，福建福清人。诗文名重一时，但不求仕进，游学金陵，与曹学佺、王士贞友好。明亡，以遗民自居，时人称为"东南硕魁"。晚年穷困，双目失明，享寿八十七而卒。

②陈昂，明代著名诗人。字尔瞻（云仲），自号白云先生，莆田人。约明神宗万历初前后在世。

③倭寇，万历间活动于福建、浙江沿海，屡犯边境，祸害百姓。

④豫章，今江西南昌县。

⑤彭蠡，湖名，即今江西鄱阳湖。

⑥匡庐山，在江西星子、九江二县间。

⑦陶令，即陶渊明，渊明曾为彭泽令，即今江西彭泽县。

⑧江陵，今湖北县名。

⑨三峡，在川楚间大江中，一为瞿塘峡，一为巫峡，一为西陵峡。剑门，山名，亦曰大剑山，在四川剑阁县北。又有小剑山，与大剑山相连。

⑩峨嵋，山名，在四川峨眉县西南。两山相对如蛾眉，故又名

蛾眉。

⑪江陵、松滋、公安，皆湖北县名。巴陵，今湖南岳阳县。

⑫金陵，今江苏江宁县。

⑬秦淮，水名，西北流贯江宁城，故亦以指江宁。

⑭王维，曾官尚书右丞，故称王右丞。

⑮杜甫，曾官工部员外郎，故称杜工部。

⑯江浦，今江苏县名。

⑰烧火做饭。

⑱物色，察访人物也。《后汉书·严光传》："帝思其贤，乃令以物色访之。"

五异人传

张 岱

张岱曰：岱尝有言："人无癖不可与交，以其无深情也；人无疵不可与交，以其无真气也。"余家瑞阳之癖于钱，髯张之癖于酒，紫渊之癖于气，燕客之癖于土木，伯凝之癖于书史，其一往深情，小则成疵，大则成癖。五人者皆无意于传，而五人之负癖若此，盖亦有不得不传之者矣。作《五异人传》。

一

族祖汝方，号瑞阳，长余大父数岁。读书不成，去学手艺经纪①，俱不成，贫薄无所事事。娶某氏，不能养，为富家浆浣缝纫，借此糊口②。一日坐草，育长儿守正，方三朝，度不得朝食，乃泣曰："我与若一贫如洗，若再恋栈豆③，填沟壑④必矣。欲北上经营经年，以无路费辄止。今至此，出亦死，不出亦死，与其不出而死，吾宁出而死也。我身无长物⑤，见汝衣领尚有银扣二副，盍与我措置之？"孺人剪其扣与瑞阳，瑞阳急走银铺熔之，得银三钱许。瑞阳与孺人各取其半，曰："汝以是为数日粮，弥十日，仍往富家糊口。吾以是为路费，明日行矣！"二人哭别。

明日昧爽，担簦⑥即行，渡钱塘，至北关门，买一纤搭，应粮船募为水夫。数月抵京师，投报房抄邸报⑦，食其饭，日得银一分。落魄⑧者二十年，居积⑨得百余金。办事礼部，为王府科掾史⑩。礼部诸司极其熏灼，而王府科为冷局，门可罗雀⑪。诸掾史到司公干者，月不过几日，其余则闭门却扫，阒其无人⑫。瑞阳独无事，亦复无家，无日不坐卧其中。又十余年为掾史长。

一日昼寝，方寤，闻梁上群鼠曳纸，踯躅声甚厉。急起叱逐，有文书一卷堕地，拾起视之，乃楚王府报生公移也，瑞阳藏之簏底。又一日，无事昼寝，有数人扣门急，问之，则寻掾史查公案。瑞阳出见之，曰："掾史焉往？"瑞阳曰："我即是也。"来人曰："吾侪楚府校余，为承袭国王事，至宗人府⑬，失去报生文书，特来贵司查取，乞掾史向文卷中用心一查，倘得原案，愿以八千金为寿。"瑞阳曰："我向曾见过，不知落何所，第酬金少，不厌⑭人意耳。"来人曰："果得原文，为加倍之。"瑞阳方小遗⑮，寒颤，作摇头状。来人曰："如再嫌少，当满二十千数。"瑞阳私喜，四顾，乃附来人耳曰："莫高言，明蚤[16]赍银某处，付尔原案。"来人谢去。次日，瑞阳携案潜出付之，得银二万两。

人劝其纳官出仕，瑞阳叹曰："人苦不知足！视吾妇领上扣，相去几何？将为田舍翁[17]，苟得温饱，足矣足矣。"乃觅京卫，募告身[18]一道，冠进贤[19]，锦衣归里[20]。

孺人初生儿三十余岁，已列青衿[21]，为娶妇生孙。父子相见，膜不相识。瑞阳为置田宅，家居二十余年，裒然[22]称为富人。年逾八十，夫妇齐眉[23]。

诸孙岱曰：瑞阳伯祖，贫如黔娄[24]。嗟来之食，尚不能着口。及以赤手如都，坚忍三十余年，于故纸堆中，取二万金易如反掌。昔日牛衣对泣[25]，今乃富比陶朱[26]，人之名利场中，谓非魁梧[27]人杰也哉！乃其厚资入手，遂赋归来，鸥租橘俸，永享素封[28]。霸越之后，不复相齐，其旷怀达见，较之范少伯[29]又高出一等矣。

【注释】

①手艺，谓工匠之执业也。经纪，谓商业之经营也。

②糊口，寄食也。《左传》："寡人有弟，不能和协，而使糊其口

于四方。"

③豆，马房之食料。《三国志注》："驽马恋栈豆。"喻人之贪恋禄位也。

④填沟壑，谓饥寒而死也。《孟子》："志士不忘在沟壑。"

⑤长物，余物也。《世说》："王伯恭身无长物。"

⑥簦，笠之有柄可手执以行者，如今之伞。

⑦邸报，邸，舍也，汉诸侯王置邸京师，唐藩镇亦然。邸中传抄诏令章奏等，以报于诸藩，故称邸报，犹今之政府公报也。

⑧落魄，志行衰恶之貌。《史记》："家贫落魄。"

⑨居积，经营储蓄也。《论衡》："子贡善居积。"

⑩掾史，属官也。

⑪冷局，清闲之官署。门可罗雀，言门庭寂静也。《汉书》："下邽翟公为廷尉，宾客填门，及废，门外可设雀罗。"

⑫阒其无人，静无人也。

⑬宗人府，官署名，掌皇族之事。

⑭厌，同"餍"，满足也。

⑮小遗，即小便。《汉书》："东方朔尝醉入殿中，小遗殿上。"

⑯蚤，与早通，《孟子》："蚤起，施从良人之所之。"

⑰田舍翁，亦作田舍公。《宋书》："孝武曰：田舍公得此，以为过矣。"

⑱告身，唐制奏授判补之官，皆给以符，谓之告身，犹今之补官文凭也。

⑲进贤，冠名，即古之缁布冠，儒者之服也。

⑳锦衣归里，谓富贵归故乡也。《南史·柳庆远传》："为雍州刺史，帝饯于新亭，曰：卿衣锦还乡，朕无西顾之忧矣。"

㉑青衿，学子之所服。列青衿，谓进学也。

㉒袞然，犹伟然。

㉓齐眉，梁鸿、孟光举案齐眉。本夫妇相敬之意，此谓偕老也。

㉔黔娄，齐之贤士，贫甚，殁而衾不蔽体，后因以为贫士之喻。

㉕牛衣对泣，《汉书·王章传》："初章为诸生，学长安，独与妻居。章疾病无被，卧牛衣中，与妻决，涕泣，其妻呵怒之。……及为京兆，欲上封事，妻又止之曰：'人当知足，独不念牛衣中涕泣时耶？'"

㉖陶朱，范蠡，春秋楚人，仕越，与越王勾践共灭吴，遂浮海入齐，变姓名为鸱夷子皮，治产三致千金，再分散之。齐王闻其贤，聘为相。居陶，自号陶朱公。

㉗魁梧，壮大貌。《史记·张良传》："吾以为其人计魁梧奇伟。"

㉘素封，谓不仕而富也。《史记·货殖列传》："今有无秩禄之奉，爵邑之入，而乐与之比者，名曰素封。"

㉙范少伯，即范蠡。

二

族祖汝森，字众之，貌伟多髯①，人称之曰"髯张"。好酒，自晓至暮无醒时，午后岸帻^②开襟，以须结鞭，翘然出颔下。逢人辄叫号，拉至家，闭门轰饮^③，非至夜分，席不得散。月夕花朝，无日不酩酊大醉，人皆畏而避之。然性好山水，闻余大父出游，杖履追陪，一去忘返。庚戌年，大父开九里山，取道直上炉峰^④，命髯张董^⑤其役。至张公岭，力不继。髯张记是年从大父游雁宕^⑥，入罗汉洞，见圣像。末设一老人像，二鬟立其侧，僧云："此刘处士像也。处士发愿洗此洞，力窘乏，遂鬻^⑦二女以毕役，故到今庄严之。二鬟，即二女也。"髯张遂慨然欲鬻其姬，以自附于刘处士，大父谑之曰："妾妇之道，君子不由。"于是闻者喷饭^⑧。顾因此相有助髯张者，路遂成，而姬亦免去。

逾年壬子，筑室于龙山之阳，先构一轩以供客饮。问名于大父，大父题以"引胜"，为作《引胜轩说》曰：

　　吾弟众之，性嗜酒，一斗贮腹，即颓然卧，不知天为席而地为幕也^⑨，余尝许众之得步兵之趣^⑩。卜居龙山之阳，居未成，先构一轩以供客，曰："吾不可以一日无酒。"因问名于余。余题以"引胜"，众之瞪目视曰："此何语？我不解义，毋作义语相向。"余徐举王卫军^⑪：

"酒正是引人着胜地。"语未绝，众之跳曰："义即不解，但道酒即得。"夫世人为文义缠结，至咿唔作苦，曾不得半字之用者，殆以义缚耳。且文义至细者也，粗至于富贵，大至于死生，纠绵结约，胶不可解。甚或慕富贵，将捐死生；尊死生，又将脱富贵：而不知两皆缚也，深于酒者有之乎？众之尝云："天子能鬶人以富贵，吾无官更轻，何畏天子！阎罗老子能吓人以生死，吾奉摄即行。何畏阎罗！"此所得于酒者全矣。全于酒者，其神不惊，虎不咋也，坠车不伤也，死生且芥之也，而况于富贵，又况于文义？然则众之即不解义，已解之矣。余因颜其轩，为之说，而简来善，又为之记。吾两人方操觚[12]舐墨，而众之又跳曰："曷来饮酒！"余笑谓来善曰："酒是众之胜场[13]，安可与争锋？且彼但知酒，而吾与尔复冥搜沉想，堕于义中，是为义缚也。"来善闻余言，口有流涎，遂弃觚趣[14]众之饮焉。来善与众之拍浮[15]酒中，曰："吾欲以鲸饮也。余量最下，效东坡老尽一十五盏，为鼠饮而已矣。"

髯张笑傲于引胜轩中几二十余年，后于酒致病，年六十七而卒。

诸孙岱曰：不善饮酒者得其气，善饮酒者得其趣。若真能得趣者，则自月夕花朝，青山绿水，同是一酒中之趣，但恨世人不能领略耳。昔人云："痛饮读《离骚》，可称名士。"⑯凡人果能痛饮，何必更读《离骚》。髯张虽不解文义，吾谓其满腹尽是《离骚》也。

【注释】

① 两腮的胡子，亦泛指胡子。

② 帻本覆于额上，岸帻谓露其额，脱略之意也。

③ 轰饮，狂饮也。

④ 炉峰，不知是否即香炉峰。

⑤ 董，督理也。

⑥ 雁宕，山名，在浙江温州乐清县东九十里。

⑦ 鬻，卖。

⑧ 喷饭，《北梦琐言》："东坡云：文与可见余诗云：'料得清贫馋太守，渭川千亩在胸中。'不觉失笑，喷饭满案。"

⑨ 刘伶《酒德颂》："幕天席地，纵意所如""天为席而地为幕"。喻颠倒也。

⑩阮籍，曾为步兵校尉，倜傥不羁，嗜酒放荡。

⑪王卫军，名荟。

⑫操觚，执简为文也。觚，木简，古人用以代纸。

⑬胜场，优越之境地也。

⑭趣，与趋通。

⑮拍浮，《世说新语》："毕茂世曰：拍浮酒池中，便足了一生。"

⑯《世说新语》："王孝伯言：名士不必须奇才，但使常得无事，痛饮酒，熟读《离骚》，便可称名士。"

三

十叔煜芳，号紫渊，为九山伯同母弟。少孤，母陈太君钟爱，性刚愎，难与语。及长，乖戾益甚。然好学，能文章，弱冠补博士弟子①。文宗②慕蓼王公识拔之，食饩于黉序③者三十余年。叔目空一世，无一人可与往来，其所称相知者，王耿西、刘迅侯、张全叔与王修仲兄弟四五人而已。此四五人者，一年之内以玉帛④相见者亦不过数日，其余又皆弓矢加遗，剑戟相向者矣。数年后又皆成世仇，誓不相见。

戊辰，兄九山成进士，送旗匾至其门，叔嫚骂曰："区区鳖进士，怎入得我紫渊眼内！"乃裂其旗作廱养裈⑤，锯其干作薪炊饭，碎其匾取束猪栅。九山筮仕⑥闽之南平，墨妙执犹子⑦礼甚恭，百计将顺，以媚其叔。紫渊大喜，乃曰："吾为尔往南平省母，一看汝父。"墨妙遣捷足驰告九山，九山集车马迎于仙霞岭下，衙役胥吏俱于百里外伏道左迎候。十叔见母夫人后，与九山一揖，不复开言，九山以好言餂之，只不应。一日走书室，见所收状词，有武举某告某者，大怒，掀翻几案，持武举状匋匋⑧暴躁而出。厮役奔告九山，九山大惊，急走问曰："弟何故震怒？"紫渊气哱映不出声，第指武举名曰："此人可恶，亟使使缚来！"九山唯唯，亦不敢问，嘱胥吏曰："出票。"紫渊顿足曰："何慢事若此！用签拘犹缓，乃出票耶！"九山掣签呼武举至。走问曰："武举缚到矣，作何发落？"紫渊曰："痛杖三十，发死囚牢牢之。"九山曰："责时如何措词？"紫渊曰："第痛责之是已，何必措词！"九山不得已，一如其意。紫渊在署内听敲扑声，叫呼惨烈，抚其膺曰："方吐吾气。"九山进署覆之，紫渊曰："杖否？"曰："杖三十。"曰："创否？"曰："创甚。"曰："牢否？"曰："发重牢牢之矣。"紫渊："好好。"方与九山通语。越数日，九山乘其有喜色，乃低声问曰："武举某诚死无赦，但不知渠于何地得罪吾弟，痛恨若此？"紫渊笑曰："渠何曾得罪于我，我恨绍兴武举张全叔与我作难。阿兄为我痛杖此

人，使全叔知武举也是我张紫渊打得的。"九山亦不觉失笑。乃出武举，纵之使去。武举受此重创，终身不解其故。不数日，紫渊束装遽去，九山唯唯从命，亦不敢留。

谢环《杏园雅集图》（局部）

　　庚辰，以岁进士赴廷试。思宗皇帝恨廷臣不任事，欲破格
用人，乃命吏部考选科道，兼取科贡以收人才之用。已而以吏
部考选仍不列科贡，遂命贡士与岁贡士⑨六十三名，一榜尽赐进

士，查京官现缺，悉为填补。紫渊名次第十九，得补刑部贵州司主事。紫渊淹蹇⑩半生，遭此殊遇，意欲大展所学，以报答圣明。凡理部务，必力争曲直，稍有掎角⑪，辄以盛气加人，为寮属所畏。常与大司寇⑫公堂议事，语稍媕婀⑬，辄加叱辱，至破口詈之，大司寇怦怦不平。在部数月，例当提牢，狱中多有缙绅两榜⑭，紫渊至，必谯诃⑮之不置。有冒犯者，令加鞭朴，狱吏争之始已。秘署常设门簿，有见访者书其名号，夜缴簿入，紫渊必署其名上某鬼薪⑯，某大辟⑰，某凌迟，次日即以门簿发出，有见之者，皆咋舌⑱去。或规之曰："不可。"紫渊曰："某刑官也，法应定罪，恨目中人无有可赦者耳。"部中旧例，贵州司稽察各部书办贤否。紫渊有所闻，辄语人曰："某罪大恶极，必死我手。"书办有权谋者曰："盍先下手。"遂嗾言官劾之，解任去。

紫渊恚怒，得臌疾，腹大如斛，至淮安病甚。时扬州郡司马二酉叔驻淮安，理船政，寓紫渊于清江浦禅寺，延医调治，见医则詈医，见药则詈药，送薪米则詈薪米，送肴核则詈肴核，拨祗应人役则詈祗应人役。胥吏承值，见即唾骂，送二酉叔惩创之，日必数次犹不畅。二酉叔乃送夏楚⑲，请紫渊自惩，日挞之不足，又夜挞之。承值人皆逃去，又勒二酉叔更代之，如是者两月。一日疾革，口犹詈人，喃喃而死。

　　未死前半月，阳羡李仲芳在二酉叔署中，制特大彬沙罐，紫渊嘱其烧宜兴瓦棺一具，嘱二酉叔多买松脂，曰："我死，则盛衣冠殓我。镕松脂灌满瓦棺，俟千年后松脂结成琥珀，内见张紫渊如苍蝇山螳^⑳之留形琥珀，不亦晶映可爱乎?"其幻想荒诞，大都类此。

　　侄岱曰：紫渊叔刚戾执拗，至不可与接谈，则叔一妄人也。乃好读书，手不释卷，其所为文，又细润缜密，则叔又非妄人也。是犹荆轲身为刺客，而太史公独表而出之曰："深沉好书。"则荆轲之使气刚狠，实与叔无异。而后能受鲁勾践之叱而不与之校，则其陶铸于诗书颇为得力，而遂使世人不得徒以刺客目之矣。

【注释】

　　①博士弟子，汉武帝设博士官，置弟子五十人，令郡国举送。唐以后以为生员之称。

　　②文宗，谓主考官。

　　③饩，禾米也。黉序，学校也。食饩黉序，谓公家给以禄米，即廪贡生是也。

　　④玉帛，犹言礼貌。《论语》："礼云礼云，玉帛云乎哉!"古会盟

朝聘所执以为礼也。

⑤裈，内裤。

⑥筮仕，《左传》："毕万筮仕于晋。"言将出仕而占其吉凶也。后谓初入仕者曰筮仕。

⑦犹子，侄也。《礼记》："兄弟之子，犹子也。"

⑧訇訇，大声也。

⑨贡士，《礼记》："诸侯岁献贡士于天子。"此贡士之名所由昉。《清会典》："会试中式曰贡士，殿试赐出身曰进士。"

⑩淹蹇，潦倒也。

⑪犄角，《左传》："譬如捕鹿，晋人角之，诸戎犄之。"有冲突之意。

⑫大司寇，谓刑部尚书也。

⑬媕娿，不决也。韩愈诗："讵肯感激徒媕娿。"

⑭两榜，科举时代，以举人为一榜，进士为两榜。

⑮谯诃，责骂，申斥。

⑯鬼薪，令有罪者采薪以给宗庙，谓之鬼薪，秦汉时之刑也。《史记》："轻者为鬼薪。"

⑰大辟，死刑也。《礼记》："其死罪，则曰某之罪在大辟。"凌迟，极刑也。先断其肢体，次绝其吭，至为惨酷。其刑始于五代。

⑱咋舌，惊惧貌。

⑲夏楚，二木名，古作教刑，以此为之，因名其物为夏楚。《礼记》："夏楚二物，收其威也。"

⑳螘，蚁本字。

四

弟峘初，字介子，又字燕客，海内知为张葆生先生者，其父也。母王夫人止生一子，溺爱之，养成一躁暴鳌拗之性。性之所之，师莫能谕，父莫能解，虎狼莫能阻，刀斧莫能劫，神鬼莫能惊，雷霆莫能撼。年六岁，饮旨酒而甘，偷饮数升，醉死瓮下，以水浸之，至次日始苏。七岁入小学，书过口即能成诵。长而颖敏异常人，涉览书史，一目辄能记忆。故凡诗词歌赋，书画琴棋，笙箫弦管，蹴鞠弹棋，博陆①斗牌，使枪弄棍，射箭走马，挝鼓唱曲，傅粉登场，说书谐谑，拨阮投壶②，一切游戏撮弄之事，匠意为之，无不工巧入神。以是门多狎客弄臣③，帮闲蔑骗，少不当意，辄诃叱随之，昔者所进，今日不知其亡也。至于姬媵侍御，僮奴臧获④，无不皆然。尝以数百金买妾，过一夜不惬意即出之，只以眼前不复见为快。不择人，不论价，虽赠与门客，赐与从人，亦不之惜也。臧获有触其怒者，辄鞭之数百，血肉淋漓，未尝心动，时人比之李匡远之肉鼓吹⑤焉。自弟妇商夫人死后，性益卞急。尝以非刑殴其出婢，其夫服毒以死殉之，其族人舁[6]尸排闼入，埋其尸于厅事之方中，不之动。观者数千人，见其婢皮开肉烂，喊声雷动，几毁其庐，亦不之动。使非妇翁商等轩先生、姻娅祁世培先生出与调帖，举国汹汹，几成民变矣。然犹躁暴如昨，卒不之改。有犯之者必讼，讼必求胜，虽延一二年不倦，费数千金不吝也。

先是辛未，以住宅之西有奇石，鸠数百人开掘洗刷，搜出石壁数丈，巉峭可喜。人言石壁之下，得有深潭映之尤妙，遂于其下掘方池数亩，石不受锸，则使石工凿之，深至丈余，畜水澄靛。人又有言：亭池固佳，恨花木不得即大耳。燕客则遍寻古梅、果子松、滇茶、梨花等树，必选极高大者，拆其墙垣，以数十人舁至种之。种不得活，数日枯槁。则又寻大树补之，始极蓊郁可爱，数日之后，仅堪供爨[7]，古人伐桂为薪，则又过其值数倍矣。恨石壁新开，不得苔藓，多买石青石绿，呼门客善画者以笔皴[8]之，雨过湮没，则又皴之如前。偶见一物，适当其意，则百计购之，不惜滥钱。在武林见有金鱼数十头，以三十金易之，畜之小盎，途中泛白，则捞弃之，过江不剩一尾，欢笑自若。极爱古玩，稍有破绽，必使修补。曾以五十金买一宣铜炉⑨，颜色不甚佳，或言火熸之自妙。燕客用炭一篓，以猛火扇熸之，顷刻镕化，失声曰"呀"。昭庆寺以三十金买一灵璧砚山⑩，峰峦奇峭，白垩间之，名曰"青山白云"，石黝润如着油，真数百年物也。燕客左右审视，谓山脚块磊，尚欠透瘦，以大钉搜剔之，砉然两解。燕客恚怒，操铁锤，连紫檀座捶碎若粉，弃于西湖，嘱侍童勿向人说。

故二酉叔所蓄古董甚多，其断送燕客之手者，不知其凡几也。二酉叔授燕客田产五百亩，白镪数千金，缘手尽。叔父宦游，公田当八百亩，所储租二十余年，燕客缚纪纲⑪，欲置之死地，抄其家，尽喀出之，公田斥卖，缘手尽。并婶娘所藏宝玩、绸缎、衣饰之类，不下二三万金，亦缘手尽。二叔父卒于清江浦，岱与燕客奔丧，其积俸万余金，古玩币帛货物可二万余金，携归未及半年，又缘手尽。时人比之"鱼弘四尽"焉⑫。

乙酉，江干师起，燕客以策干鲁王⑬，拟授官职，燕客释屩，即欲腰玉，主者难之，燕客怒不受职。寻附戚畹⑭，破格得挂印总戎。丙戌，清兵入越，燕客遂以死殉。临刑，语仆从曰："我死，弃我于钱塘江，恨不能裹尸马革，乃得裹鸥夷皮足矣。"⑮后果如其言。

兄岱曰：陶石梁先生曰："秦桧千古奸人，亦有一言可取，谓做官如读书，速则易终而少味。"吾弟自读书、做官，以至山水园亭、骨董伎艺，无不以欲速一念，乃受卤莽灭裂之报[16]，其间趣味削然，实实不堪咀嚼也。譬犹米石[17]宣炉，入手即坏，不期速成，只速朽耳。孰意吾弟之智，乃出秦桧下哉！

【注释】

①博陆，即六博，游戏之事。《史记注》：博，箸也。行六棋，故云。

②拨阮，阮咸，乐器名，晋阮咸所制，故名。形如今之月琴，有长颈十三柱。拨，弹也。投壶，古宾主燕饮时相与娱乐之事。设壶一，使宾主以次投矢于其中，胜者酌酒饮不胜者。《礼记》有《投壶》篇，言其制甚详。

③狎客，谓亲狎而不拘礼节之人也。弄臣，狎玩之臣也。朝罢，嘉为檄召通，责曰：'小臣戏殿上，大不敬，当斩。'帝使使者持节召通，而谢丞相曰：'此吾弄臣，君释之。'"

④臧获，奴婢也。

⑤肉鼓吹，《国史补》："李匡远性急，乐闻捶楚之声，曰此一部肉鼓吹。"

⑥舁，抬。

⑦爨，烧火做饭。

⑧皴，画法之一种。作画者既勾成山石轮廓，更欲显其脉理，及阴阳向背，则用皴法。

⑨宣铜炉，明宣德时铸。

⑩灵璧砚山，安徽灵璧县所产之石所制成也。

⑪纪纲，《左传》："秦伯送卫于晋三千人，实纪纲之仆。"故俗称仆曰纪纲。

⑫鱼弘四尽，《南史·鱼弘传》："尝谓人曰：我为郡有四尽，水中鱼鳖尽，山中獐鹿尽，田中米谷尽，村里人庶尽。"

⑬鲁王，立于绍兴。

⑭戚畹，为帝皇外戚，此言不久归附鲁王之戚畹。

⑮马革裹尸，谓力战而死也。《后汉书·马援传》："大丈夫当死于疆场，以马革裹尸耳。"鸱夷，革囊也。《史记》："吴王闻之大怒，乃取子胥尸，盛以鸱夷革，浮之江中。"意谓不能如马援之效命疆场，乃得如子胥之投尸江中足矣。

⑯意谓作事之粗率也。

⑰米石，指灵璧砚山。宋米芾好石，故云米石。

五

弟培，字伯凝，乳名曰狮。五岁从大父芝亭公为南直休宁县令。伯凝性嗜饴，休宁多糖食，昼夜啖之，以疳①疾坏双目。

大母王夫人钟爱，求天下名医医之，费数千金不得疗。识者以"狮"者师也②，或为先兆云。伯凝虽瞽③，性好读书，倩人读之，入耳辄能记忆。朱晦庵《纲目》百余本，凡姓氏世系、地名年号，偶举一人一事，未尝不得其始末。昧爽以至丙夜④频听之不厌，读者舌敝，易数人不给。所读书，自经史子集，以至九流百家，稗官小说，无不淹博。尤喜谈医书，《黄帝素问》《本草纲目》《医学准绳》《丹溪⑤心法》，医案丹方，无不毕集。架上医书不下数百余种，一一倩人读之，过耳亦辄能记忆，遂究心脉理，尽取名医张景岳⑥所辑诸书日夕研究，遂得其精髓。凡诊切诸病，沉静灵敏，触手即知。伯凝有力，多储药材，复精于炮制，凡煎熬蒸煮，一遵雷公古法⑦，故药无不精，服无不效。且伯凝诚敬详慎，不盥手不开药囊。凡有病者至其斋头，未尝赍一钱而取药去者，积数十人不厌，舍数百剂不吝，费数十金不惜也。嗣是，寿花堂丸散刀圭⑧，倾动越中。伯凝十世祖鉴湖府君为越郡名医，所开药肆，甲于两浙，后以阴功，子孙昌大。昔人云："公侯之家，必复其祖。"伯凝殆即其后身矣。

伯凝尊人六符叔去世早，不得于我姊娘，屡遭家难，伯凝号泣旻天⑨，卒得"赋隧"⑩。而大父高年，问安视膳，大得欢心。

族中凡修葺宗祠，培植坟墓，解释狱讼，评论是非，分析田产，
拯救急难，一切不公不法、可骇可愕之事，皆于伯凝取直。故
伯凝之户履常满，伯凝皆一一分头应之，无不满志以去。而伯
凝有一隙之暇，则喜玩古董，葺园亭，种花木，讲论书画，更
喜养鹁鸽，养黄头，养画眉，养驴马，斗骨牌，着象棋，制服饰，
畜係僮，知无不为，兴无不尽。其舅督兵江干，伯凝为之措粮饷，
校枪棒，立营伍，讲阵法，真有三首六臂、千手千眼所不能尽
为者，而伯凝以一瞽目之人掉臂为之，无不咄嗟立办，则其双
眼真可曜而五官真不必备矣。

　　癸卯八月，以暴下之疾，遂至不起，举国之人，无不搤腕
叹惜。惜之者曰：“使伯凝而具有双目，其聪明才略，不知奚似？”
有解之者曰：“使伯凝而具有双目，其聪明才略未必至此。何也？
则以世人具有双目者比比皆是也，而能似伯凝者则有几人也哉！”

　　兄岱曰：余至云间⑪，有唐士雅者，五岁失明，耳受诗书，
不下万卷。其所著有《唐诗解》《人物考》诸书，援引笺注，虽
至隐僻之书，无不搜到。其所作诗文则出口如注，而缮写者手
不及追。尝谓余曰：“某空有万卷，实不识一丁⑫，使果有轮回，
则某之下世仍为不识一字之人，不其枉此一世哉！”余观其人，

貌甚朴陋，闭户枯坐，无异木偶，其欲如吾伯凝之多材多艺，机巧挥霍，博洽精敏，盖万不及一者矣。故吾谓伯凝学问似左丘明，才识似晋师旷，慨慷侠烈似高渐离⑬。咄咄伯凝，盖以一身而兼有之矣。

【注释】

①疳，小儿脾胃虚弱。

②师，谓师旷，晋乐师，眼盲。

③瞽，盲人，眼盲。

④昧爽，与昧旦同。《书》："先王昧爽不显，坐以待旦。"丙夜，谓夜中子时也。《唐书》："丙夜不安枕。"

⑤丹溪，元之医家朱震亭，别号丹溪生。

⑥张介宾，字会卿，号景岳，明山阴人，精医，著有《景岳全书》。

⑦雷公，古之制药者，《唐志》有《雷公药对》二卷。

⑧刀圭，本药物量名，此泛指药物而言。

⑨旻天，言天仁愍下也。

⑩赋隧，春秋郑庄公不得于其母姜氏，誓曰："不及黄泉，毋相见也。"后以颍考叔言，阙地及泉，隧而相见。公入而赋："大隧之中，其乐也融融。"姜出而赋："大隧之外，其乐也泄泄。"遂为母子如初。

⑪云间，今江苏松江县。

⑫不识一丁,《唐书·张弘靖传》:"汝辈挽两石弓，不如识一丁字。"

⑬左丘明、师旷、高渐离，皆瞽目，故以相喻。

自状文

杨廷桢[1]

岁在戊辰，杨子年三十二于兹矣。多病无赖，无有名誉，又无妻子，怆然朝露之溘至也！乃自为状，略述其概，庶几当世之人感而吊之，虽死之日，犹生之年，或未即云没尔。

杨子者，伯通里[2]人也。大父庄简公，为时名卿；父子澄先生，举茂才；母侯氏。杨子性不甚敏，然而豁达大度，知自好。始名模，继名楫，复更名桢。杨子喜曰："桢者，贞也。吾自信坦易，诚然无欺，高尚其志，虽功名富贵，弗易吾故，名何忝焉！"因名廷桢，字公幹，一字维周，别号五奇山人。方十龄，自称僻生。嗟乎！可以知其趣之所归矣。

少读书，见古忠义，如伯夷、屈原、苏武、诸葛亮、陶潜、韩愈、苏轼之徒，未尝不留连涕泗，踊跃欲呼，不能自已。其得天者然欤！厥形苍异，望若虬松。不衫不履，飘飘乎遗世之逸民，独行之高士。所以心醉神怡，梦寐怀思，尤必曰晋处士陶靖节先生也。至其为文，贵真率而贱华靡，诎幽异而崇浅显，自达性情，违厥世好。年十九，补博士弟子员，而试辄不利，固其宜也。或曰："公幹质任自然，绝矜诡而存其真。"或曰："萧疏自赏，文中之散圣乎！"嗟乎！此哀怜之文，遗其牝牡，相其天机③于孤愁落寞之中，表而著之者也，岂易得哉！书法不摹仿前古，率意为之，气骨自遒，风致自远。兴至，或六七言，乃至三四言，得句狂吟，不求卒章也。由此观之，敏耶？否耶？倘所谓"僻"者非耶？夫工巧饰智，士习类然。杨子不求名，人亦鲜以名予之，士之达观者耶？

娶妇徐氏，孝谨令淑，二年而终，哭之恸。未几，所生子复殇。杨子遂寝疾，动履乖错，濒危而生，父母幸之。越四年，乃卜贤如徐，始继焉，姓汤氏。又五年，而汤氏复殁，杨子曰："吾盖惧无后之不孝④也，故勉为之。新妇备德，先后之间，相得益彰，今亡矣！"仰天呼奈何者不绝声，嗒焉似丧⑤，无涕无泪。性固嗜酒，日以痛饮为事。醉则垂首沉睡，呓呓自语，如吟韩致尧⑥《哭花词》。醒复饮，饮复醉，如是者殆不可得而药焉。

嗟乎！夷跖同归，彭殇齐致⑦。杨子曾不一达观，而颓废若此，几于灭性⑧，将无古人所云："太上忘情，其次不及情。"情钟我辈⑨，固应尔耶？抑世所谓落寞之韵，挟萧疏之致者，亦深情使然耶？夫天畀人以中和之性，喜怒哀乐要于中节。苟为不然，梦梦而生，梦梦而死，譬若蜉蝣⑩。"天之全人者甚多也，而萃其僻于一人者何耶？岂有情无情，人自为之，天亦不能强耶？嗟乎！天不为之哀而冀人之哀之，人又莫之哀而有哀之！庶乎读是状者，知杨子之以"僻"故生，而且以"僻"故死，悲夫！

【注释】

①杨廷桢，字公幹，一字维周，号五奇山人。其云"岁在戊辰，杨子年三十二"，则可知生于丁酉，或嘉靖十六年(1537)，或万历二十五年(1597)。

②伯通里，谓吴郡也。汉皋伯通，吴人，为郡大家。梁鸿孟光尝舍其家。

③《列子》："秦穆公使九方皋求马，报曰牝而黄。使人往取之，牡而骊。穆公不说，伯乐喟然叹息曰：皋之所观，天机也，得其精而忘其粗，在其内而忘其外。"言不拘形迹也。

④《孟子》："不孝有三，无后为大。"

⑤《庄子》："嗒焉似丧其耦。"

⑥唐韩偓号致尧，京兆人。工诗，有《香奁集》。

⑦夷跖，谓伯夷与盗跖，一至廉，一至贪。彭殇，谓彭祖与殇子，

一至寿，一至夭。在达者视之，无有差别。

⑧灭性，《孝经》："毁不灭性。"性即生命。言人遭父母之丧，虽即哀毁，不令至于殒灭性命也。

⑨《世说新语》："王戎丧儿万子，山简往省之，王悲不自胜。简曰：'孩抱中物，何至于此？'王曰：'圣人忘情，最下不及情。情之所钟，正在我辈！'"

⑩蜉蝣，旧以为朝生暮死之虫。

文徵明《积雨连村图》

自为墓志铭

张　岱

　　蜀人张岱，陶庵其别号也。少为纨绔子弟，极爱繁华，好精舍，好美婢，好娈童，好鲜衣，好美食，好骏马，好华灯，好烟火，好梨园，好鼓吹，好古董，好花鸟，兼以茶淫橘虐，书蠹诗魔，劳碌半生，皆成梦幻。年至五十，国破家亡，避迹山居，所存者破床碎几，折鼎病琴，与残书数帙，缺砚一方而已。布衣蔬食，常至断炊，回首三十年前，真如隔世。

　　常自评之，有七不可解。向以韦布①而上拟公侯，今以世家而下同乞丐，如此则贵贱紊矣，不可解一。产不及中人，而欲齐驱金谷②，世颇多捷径③，而独株守於陵④，如此则贫富舛矣，不可解二。以书生而践戎马之场，以将军而翻文章之府，如此则文武错矣，不可解三。上陪玉皇大帝而不谄，下陪悲田院乞儿而不骄，如此则尊卑溷矣，不可解四。弱则唾面⑤而肯自干，强则单骑而能赴卤⑥，如此则宽猛背矣，不可解五。夺利争名，甘居人后，观场游戏，肯让人先^⑦，如此则缓急谬矣，不可解六。博弈拇蒲^⑧，则不知胜负，啜茶尝水，则能辨渑淄^⑨，如此则智愚杂矣，不可解七。有此七不可解，自且不解，安望人解？故称之以富贵人可，称之以贫贱人亦可；称之以智慧人可，称之以愚蠢人亦可；称之以强项^⑩人可，称之以柔弱人亦可；称之以卞急人可，称之以懒散人亦可。学书不成，学剑不成，学节义不成，学文章不成，学仙学佛、学农学圃俱不成，任世人呼之为败子，为废物，为顽民，为钝秀才，为瞌睡汉，为死老魅也已矣。

初字宗子，人呼之为石公，即字石公。好著书，其所成书，有《石匮书》《张氏家谱》《义烈传》《琅嬛文集》《明易》《大易用》《史阙》《四书遇》《梦忆》《说铃》《昌谷解》《快园道古》《傒囊十集》《西湖梦寻》《一卷冰雪文》行世。

生于万历丁酉^⑪八月二十五日卯时，鲁国相大涤翁之树子^⑫也，母曰陶宜人。幼多痰疾，养于外大母马太夫人者十年。外太祖云谷公宦两广，藏生牛黄丸盈数簏，自余囝地以至十有六岁，食尽之而厥疾始瘳。六岁时，大父雨若翁携余之武林，遇眉公^⑬先生跨一角鹿，为钱塘县游客，对大父曰："闻文孙善属对，吾面试之。"指屏上李白骑鲸图曰："太白骑鲸，采石江边捞夜月。"余应曰："眉公跨鹿，钱塘县里打秋风。"眉公大笑，起跃曰："那得灵隽若此！吾小友^⑭也。"欲进以千秋之业，岂料余之一事无成也哉！

甲申^⑮以后，悠悠忽忽，既不能觅死，又不能聊生，白发婆娑，犹视息人世，恐一旦溘先朝露，与草木同腐，因思古人如王无功、陶靖节、徐文长^⑯皆自作墓铭，余亦效颦为之。甫构思，觉人与文俱不能佳，辍笔者再。虽然，第言吾之癖错，亦可传也矣。曾营生圹于项王里之鸡头山，友人李研斋题其圹曰："呜呼，有明著述鸿儒陶庵张公之圹。"伯鸾高士，冢近要离^⑰，余故取于有项里^⑱也。明年，年跻七十有五，死与葬，其日月尚不知也，故不书。

铭曰：穷石崇，斗金谷。盲卞和，献荆玉^⑲。老廉颇，战涿鹿^⑳。赝龙门，开史局^㉑。馋东坡，饿孤竹^㉒。五羖大夫，焉肯自鬻^㉓？空学陶潜，枉希梅福^㉔？必也寻三外野人，方晓我之衷曲。

【注释】

①韦布，谓韦带衣，喻粗陋也。司马相如《报文君书》："五色有

灿而不掩韦布。"

②金谷，晋石崇园名，崇以富称。

③捷径，喻凡事之不循正轨者。《唐书》："司马承祯尝召至阙下，将还山，卢藏用指终南曰：此中大有佳处。承祯徐曰：以仆视之，仕宦之捷径耳。"

④株守，言因守也。宋人有耕田者，田中有株，兔走触而死，因释耒守株，冀复得兔。於陵，地名，战国齐邑，陈仲子隐居之地。

⑤唾面，辱之至也。

⑥卤，同"虏"。唐郭子仪尝单骑赴虏，虏军拜伏。

⑦此句言肯犹不肯也。

⑧博弈，谓六博与围棋也。《论语》："不有博弈者乎？为之犹贤乎已。"樗蒲，赌戏也。《太平御览》："老子入胡作樗蒲。"

⑨渑淄，二水名，皆在山东。二水味异，合则难辨。《列子》："口将爽者，先辨淄渑。"

⑩强项，刚直不肯低首也。《后汉书》："董宣为洛阳令，杀湖阳公主苍头，光武使小黄门持宣，使谢主。宣两手据地，不肯俯。帝敕曰：强项令出！"

⑪万历丁酉，为明神宗万历二十五年。

⑫树子，嫡子也。《穀梁传》："无易树子。"

⑬眉公，陈继儒字。

⑭小友，忘年交也。唐张九龄呼李泌为小友。

⑮甲申，为明思宗崇祯十七年，即明亡之岁。

⑯王无功，名绩，隋降州人。徐文长，名渭，明山阴人。

⑰伯鸾，汉梁鸿字。要离，春秋时之刺客，吴公子光使刺王僚之子庆忌者也。

⑱其意谓向往项籍，故营生圹于项王里。

⑲卞和，周时楚人，尝得玉璞于楚山中，献之厉王，以为诈，刖其左足。武王时复献之，又以为诈，刖其右足。及文王即位，抱璞哭，王使玉人琢之，果得宝也。

⑳廉颇，战国时赵之良将，厥功甚伟。

㉑龙门，谓《史记》之作者司马迁。赝，废也。迁尝遭腐刑，故云。

㉒孤竹，荒远之地名，谓东坡之谪岭南也。

㉓五羖大夫，谓百里奚也。奚为楚人所执，穆公以五羖皮赎之，授之国政，故号五羖大夫。

㉔梅福，汉寿春人。王莽专政，弃妻子去，传以为仙。

书　简

与马策之

徐　渭

　　发白齿摇矣，犹把一寸毛锥，走数千里道，营营一冷坑上。此与老牯踉跄以耕，拽犁不动，而泪渍肩疮者，何异？噫，可悲也！每至菱笋候，必兀坐神驰，而尤摇摇者，策之之所也。厨书幸为好收藏，归而尚健，当与吾子读之也。

与两画史

徐　渭

　　奇峰绝壁，大水悬流，怪石苍松，幽人羽客，大抵以墨汁淋漓，烟岚满纸，旷如无天，密如无地，为上。

　　百丛媚萼，一干枯枝，墨则雨润，彩则露鲜，飞鸣栖息，动静如生，悦性弄情，工而入逸，斯为妙品。

在京与友人

屠　隆

燕市带面衣①，骑黄马，风起飞尘满衢陌，归来下马，两鼻孔黑如烟突，遍身皆马屎与沙土。雨过淖泞②没鞍膝。百姓竞策蹇驴，与官人肩相摩。大官传呼来，则疾窜避委巷不及，狂奔尽气，汗流至踵。此中况味如此，遥想江村夕阳，渔舟投浦，返照入林，沙明如雪，花下晒网罟，酒家白板青帘③，掩映垂柳，老翁挈鱼提瓮出柴门。此时偕三五良朋，散步沙上，绝胜长安骑马冲泥也。

【注释】

①面衣，本为女子远行乘马之用，男子亦有用者。《晋书·惠帝纪》："帝行次新安，寒甚，尚书高光进面衣。"

②淖泞，犹泥泞也。

③青帘，酒旗也。郑谷诗："青帘认酒家。"

答岳石帆①

汤显祖

兄书，谓弟："不知何以辄为世疑。"正以疑处有佳，若都为人所了，趣义何云？似弟习气矫厉，蚩蚩②者故当忘言。即世喜名好事之英，弟亦敬之，未能深附也，往往得其疑。世疑何伤？当自有不疑于行者在。

【注释】

①岳元声，字之初，号石帆，嘉兴人。万历进士，累官至南兵部侍郎。劾魏忠贤不法事，罢归。

②蚩蚩，敦厚貌。《诗》："氓之蚩蚩。"

与岳石梁

汤显祖

石梁过我，风雨黯然。酒频温而易寒，烛累明而似暗。二十余年昆弟道义、骨肉之爱，半宵倾尽。明日送之郡西章渡，险而汔济①，两岸相看，三顾而别，知九月当更尽龙沙②之概，见石梁如见石帆，终不能了我见石帆之愿也。

【注释】

①汔，句谓险而几及于渡也。

②龙沙，地名，为塞外通称。不知是否指此，抑另一地名。

刘都谏

袁宗道

二三兄弟，十载之中，把臂分袂，盖无定矣。然诸丈道路修阻，会晤维艰，固无足异者。独仁兄所居，去都门甚迩，而不得一遂良晤，跬步之间，有若天涯，倍令人相思如渴耳。昨夜开佳酿，烹鱼调蔬，既醉且饱，恍如曩昔过从高斋大嚼时情景，独恨无主人相对举觞。醉饱之余，怀思弥深，奈何奈何！仁兄宴坐拥琴书，吟啸自适，怀抱甚畅。顾奇伟高名，世人所急，东山虽乐，恐不能长留谢安石也①。

【注释】

　①晋谢安，字安石，少有重名，征辟皆不就，隐居东山，以妓相从。人为语曰："安石不出，如苍生何！"年四十余，始出为桓温司马。累官至太保，卒赠太傅。

文徵明《石湖图》

黄司业毅庵

袁宗道

　　不聆仁兄笑语，垂一年。花下清尊，灯前雅谑，俱为梦中事矣。仁兄坐皋比①，海内青衿②围绕，叉手谛听，鸣道觉人，健树甚伟。而弟也碌碌如昨，略无短长之效，言之汗颜。手教远及，兼之新刻，甚感高雅。展读新课，不能去手。既羡海内奇士之众，又羡法眼赏鉴之精。仁兄造士之功，此其一斑矣。

【注释】

　　①皋比，虎皮也。张载尝坐虎皮讲《易》，故后以为讲学之意。

　　②青衿，学子所服，即以为学子之称。

陶编修石篑

袁宗道

吴越间名山胜水，禅侣诗朋，芳园精舍，新茗佳泉，被兄数月占尽，真不虚此一归。而弟也踯躅一室之内，婆娑数树之间，得意无处可说。虽居闹世，似处绝崖断壑，耳目所遇，翻助愁叹。乃知世外朋俦，甚于衣食，断断不可一刻不会也。岑寂中读家弟诸刻，如笼鸲鹆忽闻林间鸣唤之音，恨不即掣絛裂锁，与之偕飞。家弟书云："石篑无日不禅，间一诗。弟无日不诗，间一禅。"禅即不论，诗可录数篇教我，杖履所至，应有纪述，并乞录寄。

燕中求友，亦甚艰难。近又寻得一人，曰颜与朴，相遇无几，又别去矣。此君气和骨硬，心肠洁净，眼界亦宽，第学问稍有异同处，家弟亟口赞叹。令弟今秋倘得俊[①]，偕计入都，可得晤谈矣。社友颇参黄杨木禅，非是不聪明，不精神，可惜发卖向诗文草圣中去。一时两散，关山万里，从此耳根恐遂不闻"性命"

二字。熟处愈熟，生处愈生，亦可虑也。谢宛委从塞上来，闲谈二日，稍破寂寞，惜便别去。拙诗数首请正，聊见近况。

【注释】

①得俊，谓及第也。

答友人

袁宗道

涉世如局戏：有出手便错者；有半局而蹶者；有局将终，势将赢，而一着便错，前功俱废者；又有终局不错一着，获全胜者。大都要胜之心，一般所争者，算有长短，知有巧拙耳。总之，皆局中人内事也。世间自有棋枰未展，白黑未分，要紧一着子。此一着子勘得明白，好胜与不好胜，总非分外。

又

袁宗道

学未至圆通，合己见则是，违己见则非。如以南方之舟，笑北方之车；以鹤胫之长，憎凫胫之短也。夫不责己之有见，而责人之异见，岂不悖哉！

寄三弟

袁宗道

中郎昔忙今闲，我昔闲今忙。人生苦乐乘除，大抵如此。十年作太仓雀鼠①，今得报效，少忏素餐②罪过，不敢厌劳怨苦也。但年近四十，日起先鸡，玄鬓化白，面纹渐多，异日相对，竟是一龙钟老翁矣。韩退之云："居闲食不足，从官力难任。两事皆害性，一生长苦心。"去住之难，从古叹之，可奈之何！

【注释】

①太仓，京师积谷之仓。太仓雀鼠，谓如雀鼠耗太仓之粟，谦辞也。

②素餐，无事而食也。《诗》："彼君子兮，不素餐兮。"

丘长孺

袁宏道

闻长孺病甚，念念。若长孺死，东南风雅尽矣，能无念耶？弟作令，备极丑态，不可名状。大约遇上官则奴，候过客则妓，治钱谷则仓老人，谕百姓则保山婆。一日之间百暖百寒，乍阴乍阳，人间恶趣，令一身尝尽矣。苦哉！毒哉！家弟秋间欲过吴。虽过吴，亦只好冷坐衙斋，看诗读书，不得如往时携猢狲登虎丘山故事也。近日游兴发否？茂苑主人，虽无钱可赠客子，然尚有酒可醉，茶可饮，太湖一勺水可游，洞庭一块石可登，不大落寞也。如何？

毛太初

袁宏道

弟已得吴令，令甚烦苦，殊不如田舍翁饮酒下棋之乐也。两甥想益聪明，读书何处？肉铺河畔，三叉港前，恐非陶铸举人、进士之所，移至县中如何？大凡教子弟，一要择地，二要出学钱。银中不可夹铜，货中不可夹布，此尤第一要紧事。计此字到时，田中青翠可爱矣。要得富，须真正下老实种田，莫儿戏。人生三十岁，何可使囊无余钱，囤无余米，居住无高堂广厦，到口无肥酒大肉也！可羞也！

兰泽云泽叔

袁宏道

金阊自繁华，令自苦耳。何也？画船箫鼓，歌童舞女，此自豪客之事，非令事也。奇花异草，危石孤岑，此自幽人之观，非令观也。酒坛诗社，朱门紫陌，振衣莫厘之峰，濯足虎丘之石，此自游客之乐，非令乐也。令所对者，鹑衣百结之粮长，簧口利舌之刁民，及虮虱满身之囚徒耳。然则苏何有于令，令何关于苏哉！聚首村中，一樽一勺，便足自快。身非木石，安能长日折腰俯首，去所好而从所恶？语语实际，一字非迂。若复不信，请看来春吴县堂上，尚有袁知县脚迹不？

杨安福

袁宏道

燕中宴集，略见高雅，然尚未得尽倾肠胃，喉中隐隐有如许欲吐未吐之物，至今尚郁郁胸臆间也。吴令甚苦我，苦瘦，苦忙，苦膝欲穿、腰欲断、项欲落。嗟乎！中郎一行作令，文雅都尽，人苦令耶？抑令苦人耶？夫古有鸣琴飞鸟、栽花种柳者，不知此辈有何工夫，作此闲伎俩？古今人不相及，岂直倍蓰哉！

張子房留侯贊

秦之廣推其志勢之侯真其頭漢之下為天下帝

借公借箸為師主取歸去去黃石渡未杜

張子房先英雄

眉公陳繼儒撰並書

陈继儒《张子房留侯赞轴》

答 人

袁宏道

走不能书而有书癖，不能诗而有诗肠，不能酒而有酒态。故每遇书则观，遇诗则读，遇酒则流连深夜，亦复颓然。今足下所颁，适中鄙人之嗜，敢自外乎？《三都》之重，原不在皇甫公一叙[1]，足下殆者其将隐乎？当为足下传之。

【注释】

[1]《世说新语》："左太冲作《三都赋》初成，时人互有讥訾，思意不惬。后示张公（华），张曰：'此二京可三。然君文未重于世，宜以经高明之士。'思乃询求于皇甫谧，谧见之嗟叹，遂为作叙。于是先相非贰者，莫不敛衽赞述焉。"

沈博士

袁宏道

作吴令，无复人理，几不知有昏朝寒暑矣。何也？钱谷多如牛毛，人情茫如风影，过客积如蚊虫，官长尊如阁老。以故七尺之躯，疲于奔命；十围之腰，绵于弱柳。每照须眉，辄尔自嫌。故园松菊，若复隔世。夫伯鸾佣工人耳①，尚尔逃世；彭泽乞丐子耳②，羞见督邮；而况乡党自好之士乎？但以作吏此中，尚有一二件未了事欲了，故尔迟迟，亦是名根未除。若复桃花水发，鱼苗风生，请看渔郎归棹，别是一番行径矣。嗟乎，袁生岂复人间人耶？写至此，不觉神魂俱动，尊丈幸勿笑其迂也。

【注释】

①梁鸿，字伯鸾，东汉平陵人，家贫尚节，与妻归隐霸陵山中，以耕织为业。适吴，依皋伯通，居庑，为人赁舂，故云"佣工人耳"。

②陶潜，为彭泽令，羞见督邮，遽弃官归。有诗曰："饥来驱我去，叩门拙言辞。"故云"乞丐子耳"。

王以明

袁宏道

世上未有一人不居苦境者，其境年变而月不同，苦亦因之。故作官则有官之苦，作神仙则有神仙之苦，作佛则有佛之苦，作乐则有乐之苦，作达则有达之苦。世安得有彻底甜者？唯孔方兄①庶几近之。而此物偏与世之劳薪②为侣，有稍知自逸者，便掉臂不顾，去之惟恐不远。然则人无如苦何耶？亦有说焉。

人至苦莫令若矣。当其奔走尘沙，不异牛马，何苦如之！少焉，入衙斋，脱冠解带，又不知痛快将何如者。何也？眼不暇求色即此色，耳不暇求音即此音，口不暇求味即此味，鼻不暇求香即此香，身不暇求佚即此佚，心不暇求云搜天想即此想。当此之时，百骸俱适，万念尽销，焉知其他。始知人有真苦，虽至乐不能使之不苦；人有真乐，虽至苦亦不能使之不乐。故人有苦必有乐，有极苦必有极乐。知苦之必有乐，故不求乐；知乐之生于苦，故不畏苦。故知苦乐之说者，可以常贫，可以

常贱，可以长不死矣。中郎近日受用如此，敢以闻之有道，幸

教我。

【注释】

①孔方兄，谓钱也。晋鲁褒《钱神论》："亲之日兄，字曰孔方。"

②劳薪，《晋书》："荀勖在帝座进饭，谓在座人曰：'此劳薪所炊。'

帝遣问膳夫，乃曰：'实用故车脚。'"

李子髯

袁宏道

髯公近日作诗否？若不作诗，何以过活这寂寞日子也。人情必有所寄，然后能乐。故有以弈为寄，有以色为寄，有以技为寄，有以文为寄。古之达人，高人一层，只是他情有所寄，不肯浮泛，虚度光景。每见无寄之人，终日忙忙，如有所失，无事而忧，对景不乐，即自家亦不知是何缘故。这便是一座活地狱，更说甚么铁床铜柱、刀山剑树也。可怜！可怜！

大抵世上无难为的事，只胡乱做将去，自有水到渠成日子。如子髯之才，天下事何不可为？只怕慎重太过，不肯拼着便做。勉之哉！毋负知己相成之意可也。

刘子威

袁宏道

走非不愿作官，奈事与心违耳。昨早有父老具呈者，不肖便书纸尾云："乡遥心懒，忍作宦游之人；食少事烦，恐是长眠之客。"虽一时戏笔，然不肖方寸，大约尽于此矣。

怀令伯报刘之情[①]，薄太真绝裾之忍[②]，高弘景挂冠之致[③]，抱元亮五斗之惭[④]，无安仁河阳之花[⑤]，有长卿文园之病[⑥]。兼此数者，可能一日安于地方耶？一字非欺，高明体察！

【注释】

①令伯，李密字。《陈情表》："臣今年四十有二，祖母刘九十有六，是臣尽职于陛下之日长，报刘之日短也。"

②太真，温峤字。《晋书》："温峤为刘琨右司马，琨使峤至江南，奉表劝进，峤欲将命，其母故止之，绝裾而去。"

③陶弘景，齐高帝时尝为诸王侍读，后挂冠神武门，隐于勾容勾曲山。

④元亮，陶潜字。潜为彭泽令，不肯为五斗米向乡里小儿折腰，弃官而归。

⑤安仁，潘岳字。岳为河阳令，满县遍种桃花。

⑥长卿，司马相如字。相如有消渴疾。武帝时，拜孝文园令。

聂化南

袁宏道

败却铁网，打破铜枷，走出刀山剑树，跳入清凉佛土，快活不可言！不可言！投冠数日，愈觉无官之妙。弟已安排头戴青笠，手捉牛尾，永作逍遥缠外人矣。朝夕焚香，唯愿兄长不日开府楚中，为弟刻袁先生三十集乙部，兄尔时毋作大贵人哭穷套子也。不诳语者，兄牢记之。

兰泽云泽两叔

袁宏道

　　长安沙尘中，无日不念荷叶山乔松古木也。因叹人生想念，未有了期，当其在荷叶山，唯以一见京师为快。寂寞之时，既想北国喧嚣之场，亦思闲静。人情大抵皆然。如猴子在树下，则思量树头果；及在树头，则又思量树下饭。往往复复，略无停刻，良亦苦矣。尊叔虽居深山，实享天宫之乐，不可不知。双桂树下，酒瓮如人，树皮如蟒，黄山青色，万片飞来，更不知有寒暑之易，及人间恩爱别离之苦。由此观之，虽得一官，亦当掉臂不顾，明矣。

张路《溪山泛艇图》

与沈伯函水部

袁宏道

冬间寒气甚厉，京城如雪窖，冷官如寒号虫，每一出门，眉须皆冻。远山春草数辈，面皴皮裂，谇语满室。若得量移，便当图南，不能兀兀长守此也。

南郡地南，以使君之尊临之，如居第六天中，然在兄丈亦有小苦。江水虽浩莽，殊无意致。六桥三竺之想，那能一刻去胸中，一苦也。民俗朴鄙，酒甜而浊，酸涩之态，见于筵宴，二苦也。歌儿皆青阳过江，字眼既讹，音复干硬，三苦也。又楚①之言，酸也，愁也，其山水所产之人，多牢骚不平，而其客于斯地者，亦多化而为愁，如仲宣、子美②皆然。兄才士而多情者也，能不为俗所移耶？

【注释】

①楚，地名。

②仲宣，王粲字。子美，杜甫字。

答谢在杭司理

袁宏道

三弟盛称在杭胸怀如月，诗思如水，酒态如春，每踞石临流，未尝不思及兄。如人从杭州来，眉目髭须，皆说西湖，今三弟满面皆谢司理矣。江进之才识甚超，交游中少见其比。两佳人聚首一城，皆以瓠落①，亦异日一段佳话，弟恨先去，不与七贤之数。

小刻较前稍有增定，寄上请教。天气稍温，旆旌可北，良晤有期，不多及。

【注释】

①瓠落，空廓貌，意谓才大难用也。《庄子》："魏王贻我大瓠之种，我树之，成，而实五石。……剖之以为瓢，则瓠落无所容。"

答王百穀

袁宏道

一穷广文①，骑高骨马，兀兀东华②道上，有何情致，而芬王先生口齿耶？残冬至春，燕地特寒，处温室中，如蝟入壳。强出拜客，须眉皆冰，手足僵冷，掖而入门，妻儿大笑，以为琉璃光如来出世。一室之内，堕指裂肤，詈语谩骂，不肖若不闻也者。方且挥毫命楮，恣意著述，每一篇成，跳跃大呼，若狂若颠，非诚不改其乐，聊以宽啼号之妻子也。

南有堂前，既添竹鹤，此犹第六天中，添得宝树及伽陵鸟③，奈何向铁围山人道耶？不肖往在吴，一鹤忽飞来衙斋，丹顶长啄，狎之甚驯。及病将归之前一日，鹤忽长鸣飞去，似有知者。然自今日谈及，亦几谈虎④矣。

【注释】

①广文，唐置广文馆博士一人，助教一人，并以文士为之。杜甫诗：

“广文先生官独冷。”明清称教官为广文。

　　②东华，京师旧紫禁城之东门也。此泛指京师。

　　③宝树，犹言玉树也。《法华经》：“诸杂宝树，华叶光茂。”伽陵，《楞严经》作迦陵，“迦陵仙言遍十万界。”

　　④谈虎，谈虎色变，谓惊悸也。

答梅客生

袁宏道

　　一春寒甚，西直门外柳，尚无萌蘖。花朝之夕，月甚明，寒风割目，与舍弟闲步东直道上，兴不可遏，遂由北安门至药王庙观御河水。时冰皮未解，一望浩白，冷光与月相磨，寒气酸骨。趋至崇国寺，寂无一人，风铃之声，与猲犬相应答。殿上题额及古碑字，了了可读。树上寒鸦，拍之不惊，以砾投之，亦不起，疑其僵也。忽大风吼檐，阴沙四集，拥面疾趋，牙齿涩涩有声。为乐未几，苦已百倍。

　　数日后，又与舍弟一观满井，枯条数茎，略无新意。京师之春如此，穷官之兴可知也。

　　冬间闭门，著得《广庄》七篇，谨呈教。

寄祈年

袁中道

　　自到山中，阅《藏》习静，看山听泉，不图为乐，亦至于斯！已倾囊市得一峰，将于其下建庵而老焉。誓毕此生，苦心参究，了佛祖一大事因缘，决不奔波红尘，终日为人忙也。汝年正少，自当向学，支持门户，使我得心安为世外闲人，即汝至孝。吾往时所以不长往者，以汝二伯在，友于至笃，不能相舍耳。今何时也？匠人辍成风之巧^①，伯子息流波之音^②；立雪无影，惆怅何言！惟觉青山解语，绿水知心，伊蒲^③可以续命，贝叶^④可以忘年。

　　暮春三月，河渚暂归，柴车可驾，当一归来，旋即入山，不停晦朔。何者？吾赋性坦直，不便忍默。与世人久处，必招愆尤。不若寂居山中，友麋鹿而侣梅鹤，此其宜居山者一也。又复操心不定，朱紫随染，近繁华即易入繁华，迩清净即易归清净。今繁华之习渐消，清净之乐方新，而青山在目，缘与心会，此其宜居山者二也。兄弟俱阐无生大法⑤，而为世缘迫逼，不得究竟；今居山中，一意理会一大事因缘，必令微细流注，荡然不存，此其宜居山者三也。骨肉受命悭薄，惟尽捐嗜欲，可望延年；业缘在前，未能尽却，必居山中，乃能扫除，此其宜居山者四也。生平爱读书，但读书之趣，须成一片，俗客熟友数来嬲⑥扰，则入之不深，得趣不固；深山闭门，可遂此乐，此其宜居山者五也。

　　盖我之住山，乃从千思万想中得来，誓捐躯命，以守此志。且凤凰不与凡鸟同群，麒麟不代凡驷伏枥。大丈夫既不能为名世硕人，洗荡乾坤；即当居高山之顶，目视云汉，手扪星辰，必不随群逐队，自取羞辱也。因汝可与言，故略及之。

【注释】

　　①《庄子》："郢人垩墁其鼻端，若蝇翼，使匠石斫之。匠石运斤成风，听而斫之，尽垩而鼻不伤。宋元君闻之，曰：'尝试为寡人斫之。'曰：'虽然，臣之质死久矣。自惠子之亡也，臣无与为质者矣！'"此言匠石悲知己之亡，以喻中郎之逝也。

　　②伯子，谓伯牙，春秋时之善琴者，与钟子期善，伯牙鼓琴，志在高山流水，子期听而知之。子期死，伯牙终身不复鼓琴，痛世无知

音也。

　　③伊蒲，素馔也。

　　④贝叶，佛经旧用贝多叶书，故称佛经曰贝叶。

　　⑤阐，明也。无生大法，谓佛法。

　　⑥䌷，纠缠。

答秦中罗解元

袁中道

　　先兄逝后，弟无生人之乐，疾病相仍，几于不起，至今春始平复。侄子彭年，颇能世其父业，箕裘^①自可不坠。惟此一事，差慰人耳。癸丑之岁，弟以制中^②，不与计偕，惟延伫吾兄高第消息，以为故人光宠。不意惊人之鸣^③，又迟岁月。目下以读《礼》^④居山中。我辈蹭蹬^⑤，大约相似，真可叹也！弟已如孤雁天末，哀云唤雨，且老矣病矣！一生心血，半为举子业耗尽，已得痼疾，如百战老将，满身箭瘢刀痕，遇风雨辄益其痛。幸少而闻道，近日深加探讨，觉此中冰泮籉陨^⑥处不少。诗文之道，时复把笔，如郭仲恕^⑦天外远山，澹澹数峰，聊以自适而已。每欲作时义^⑧，辄目暗头眩，毋乃与此道相去日远，有鬼物尼之，使不得不丘壑耶？

　　读佳诗，力能扛鼎，弟何敢妄加评定？但愿熟看六朝、初盛中唐诗，要令云烟花鸟，灿烂牙颊，乃为妙耳。承远使具吊唁，情文兼至。悲叹亡兄，不觉失声。近刻诗文未成，先以数册奉览，不一。

【注释】

①箕裘，谓克承父业也。《礼》："良弓之子，必学为箕；良冶之子，必学为裘。"

②制，亲死，居三年丧者称守制。

③《史记》："不鸣则已，一鸣惊人。"

④居丧日读《礼》。

⑤蹭蹬，困顿，失意。

⑥冰泮箨陨，谓自然领悟，如冰之泮、箨之陨也。

⑦郭仲恕，名熙，宋河内人。山水精绝，一时独步。

⑧时义，谓对时政的见解。

钟钦礼《雪溪放艇图》

答张上马毅仲

陈继儒

　　某衰病下劣，日与农师、渔丈人为群，不敢齿及"风雅"二字。即小有撰述，如沈梦溪①云："退处山泽，更绝过从，所与谈者，惟笔砚而已。"不意明公好奇太过，札贶先施，属以糠秕之导②神交知己，宇宙寥寥，谨撰数言，以候斤削③。明公主盟文苑，吴儿辐辏龙门，不异众鱼之曝鳞点额④。某老怯道路，近结苕帚庵，莳嘉蔬，种修竹，远望轩后寒山，如在肘下。又以饮冰俸钱⑤，多市村醪，从黄肥紫壮中，细嚼寥吟好诗，颇觉受用太奢，恨不得明公过此，共享黑甜白醉之乐也。

【注释】

　　①《梦溪笔谈》，宋沈括撰。梦溪，其润州别业也。

　　②糠秕之导，谓属以作序冠首也。《世说新语》："簸之扬之，糠秕在前。"疑即本此。

③斤削，改正之意。《庄子》："郢人垩墁其鼻端，若蝇翼，使匠石斫之。匠运斤成风，听而斫之，尽垩而鼻不伤。"

④曝鳞，《梁书·何敬容传》："曝腮之鳞，不念杯杓之水。"按，《三秦记》：河津，一名龙门，大鱼集龙门下数千，不得上。上者为龙，不上者鱼也，故曰曝腮龙门。"

⑤饮冰俸钱，谓俸禄之薄也。白居易诗："三年为刺史，饮冰复食蘗。"

与山阴王静观

沈 承

沈郎家住娄水①湄，虽心折山阴王先生，实纸上交而已。里人笑骂沈郎，不值半钱，而王先生不远五百里走双鱼赠我，更千万声奇我，静观，静观，那不虑人并笑骂王郎也？

弟于世间，绝意不望相知人，于人前绝意不开相知口。惟忆客岁江上逢两友，遍索沈郎于破邸中。尔时草床瓦盆，呼酒就谈，刺刺不能别，颇为有古风，有古趣。不图今时又有王郎作对，快心快心。

人生何必时俗喜，亦何必鬼神怜。但愿对俊男子大吐肝膈，痛哭一场，足了事矣。虽然，兄见沈郎好，沈郎冷冷落落无寒暄，小醉则又颠颠狂狂无定准，恐王先生见之，亦复笑骂也。

所惠皆投弟癖，童子皆私诧，谓山阴相公别有眼睛，善察人情如此。赤手无长物②，近艺几幅作报，料静观决不以礼数罪人耳。《破浪草》吓碎世胆，又出《我旋草》，可谓咄咄逼人③。

适因徙居，未暇作序，无已，请即以笺代，何如？中有一二语焉，为人笑骂而实笑骂人者，恐欠厚道，仗兄削去。

【注释】

①娄水，在江苏吴县东，太湖之支流也，东经太仓城南。沈承，太仓人，故云。

②长物，余物也。《世说新语》："王伯恭家无长物。"

③咄咄逼人，惊叹之词。《世说新语》："殷仲堪与客作了语。一客曰：'盲人骑瞎马，夜半临深池。'仲堪曰：'咄咄逼人！'仲堪眇目故也。"

第后^①柬德升诸兄弟

周顺昌

　　计浒关^②分袂，节序倏更。独坐静思，长安花，何如故园柳？三百五十人^③未知肝胆谁是，何如二三知己，连床夜话，上下千古哉？南望迢迢，觉鸟啼云散，俱足增故旧之思、乡关之感，亦欲以微醉解之，苦不能酒。惟啜清茗数钟，伏枕求睡。梦中所见，或祖、父声容，或相知歌啸，甚至牵衣画眉^④之态，俱恍恍欲似，醒来益令人百端交集^⑤。语云："昼思夜结。"良然良然。别后情景，大概可想。

　　今科繁费稍减，加之弟之省约，亦要得二百余金。已去其半，此半竟无门可贷，真是苦事。然大率积习使然，弟一人那能尽革，可奈何！月中分兵部观政，殊无政可观。不过作揖，打躬，升堂，画卯^⑥而已。天下事以虚文相蒙者，大半类是。今漫以书生当局，其筹边治河大政无论，有问以簿书钱谷之数，天下几何，茫不能对也。始知书不可不多读。平日为八股^⑦缘，用了许多工夫，徒做一不识时务进士，良可笑也。弟职应司理，偶展《大明律》一卷，深文刻字，多所未谙，乃信"读书不读律，致君终无术"两言非浪语也。

最恨者，方今仕途如市，入仕者如往市中贸易：计美计恶，计大计小，计贫计富，计迟计速。弟思今日正委吏乘田⑧，东西南北惟命之日，只宜信心做去，美恶贫富，升沉迟速，何所不可？须知银子取不尽，好官做不尽。予之角，去之齿，四其足，两其翼，造物自有定数，安用营营⑨为？先儒云："学者不可把第一等事让别人做。"又谓："惟淡可以从俭，惟俭可以养廉。"有味哉！有味哉！间尝以此意示之共事者，不谓迂，则谓矫。弟正甘心，独怪夫世之不为迂、不为矫者，众亦相顾大笑。

意气相期，孰如吾五人。近于合榜中，偶得一真士，相合尤奇。时正辞部日也，耳目甚众，彼独以白须挺立于冢宰⑩前，了无退避状，无不抚掌。弟谓世人那一件不思做假，此人尤犯仕途大忌，何以独真？乌须药岂少哉？实是有血性男子。急访之，乃丙午科鹿善继也，果雅负北方之望。弟即以是笑问，渠亦骇焉，遂过我竟日，扬摧⑪千载，抵掌⑫时事，言朗朗可听也。至一种热肠劲骨，布衣蔬食之志，视吾五人殊不减，勿谓燕市中无荆卿、高渐离[13]也。竟代四知己订交矣，四知己亦为之快心否？

百余日不得一晤，几成郁结病。一夕，风雨破纸窗乱入，愁不能寐，伸笔书之，不自知其言之长也。青莲[14]云："长安如梦里，何日得归期？"使我凄绝。合宅想清嘉如昔，三老伯谨以空函候问，曷胜愧汗。

【注释】

①第后，谓成进士后也。

②浒关，即浒墅，在江苏吴县西北。《吴地记》："本名虎疁。唐讳虎，钱氏讳疁，改为浒墅。"《平江纪事》："虎疁改名许市，后人讹为浒墅，今两称之。明时设钞关于此，故称浒墅关。"

③三百五十人，指同榜进士。

④牵衣，谓儿女作别之状。画眉，谓夫妇燕婉之情。《汉书》："张敞为京兆尹，为妇画眉。"

⑤《世说新语》："卫洗马（玠）初渡江，形神憔悴，曰：对此芒芒，不觉百端交集。苟未免有情，亦复谁能遣此！"

⑥画卯，吏胥差役，以法定之期，赴署报到候验也。

⑦八股，《日知录》："经义之文，流俗谓之八股，盖始于成化以后。股者，对偶名也。天顺以前，经义之文，敷衍传注，或对或散，初无

定格。成化二十三年会试，乃以反正、虚实、浅深、扇扇立格。八股之制，实始于此。"

⑧委吏，小吏也。乘田，春秋时鲁小吏，掌牛羊刍牧之事者。

⑨营营，往来貌，扰扰之意。《诗》："营营青蝇。"

⑩冢宰，周官名，为六卿之首。《书》："冢宰掌邦治，统百官，均四海。"后世称吏部尚书为冢宰。

⑪扬榷，犹言大概。左思赋："请为左右扬榷而陈之。"

⑫抵掌，谓鼓掌也。《战国策》："苏秦见说赵王于华屋之下，抵掌而谈。"

⑬荆卿饮于燕市，与高渐离友，后为燕太子丹入秦刺秦王，高渐离击筑送之。

⑭李白，自号青莲居士。

与姜篯胜门人

张　鼐

杜门不见一客者，三月矣。留都①散地，礼曹冷官②，而乞身之人，其冷百倍。然生平读书洁身，可对衾影，即乡曲小儿忌谤相加，无怪也。独念国家所重者人才，君子所惜者名行。今设为风波之世局，令小人得驾为陷阱，而驱局外之人以纳其中，纵不为斯人名行惜，其如国家人才一路何？人才坏而国事坏，国事坏而士大夫身名爵位与之俱坏。吁，可惧也！不佞归矣！有屋可居，有田可耕，有书可读，有酒可沽；西过震泽，南过武林，湖山之间，赋诗谈道，差堪自老。官居卿贰，年逾五十；而又黄门弹事③，止云文章无用，恐滥金瓯④，不减一篇韩昌黎《送杨少尹序》。嘻，可以归矣！况又朝局以为庸駗，而天子以为才望，即宗伯墓门一片石⑤，即年邀惠惇史⑥，不称好结局哉！可以归矣！

谛观年来士大夫风尚，愈趋愈下，鳃鳃⑦惟异己是除，私人是引：楚人为楚人出缺，秦人为秦人营迁。不论官方，不谈才品，目中岂复有君父，而堪以服天下，挽世运乎？足下，讲臣也，朝夕对扬重瞳⑧，须留一段光明于胸中，即不宜轻发以逢时忌，而因事陈规，婉词微讽，当有旋转妙用，莫负此千载遭逢也！吾辈口不宜快，而心固不可不热。二疏已上，速去为幸，扁舟已买江上矣。

【注释】

①留都，前朝凡迁都之后，称旧都为留都，因迁都后多置留守，故名。明以南京为留都。

②张鼐，天启时官少詹事，陈言十事，语斥近习，魏忠贤恶之，擢南京礼部右侍郎。上疏引疾，忠贤责以诈疾要名，削其籍。

③黄门弹事，谓魏忠贤之弹章也。

④金瓯，喻疆土之完固也。滥，犹言破坏也。

⑤宗伯，礼部侍郎之称，张时官礼部右侍郎。墓门一片石，谓死后立碑于墓也。

⑥惇史，谓良史也。《礼》："有善则记之，为惇史。"

⑦鳏鳏，忧惧貌。《汉书》："鳏鳏常恐天下之一合而共轧己也。"

⑧对扬，言答君命而宣扬其意于众也。《书》："敢对扬天子之休命。"重瞳，《史记》："舜目重瞳。"此谓君也。

ⓒ 袁宏道 2018

图书在版编目（CIP）数据

落笔为闲：晚明小品选注 / 袁宏道等著. — 沈阳：
万卷出版公司, 2018.3
ISBN 978-7-5470-4798-9

Ⅰ.①落… Ⅱ.①袁… Ⅲ.①小品文—注释—中国—
明代 Ⅳ.①I264.8

中国版本图书馆CIP数据核字(2018)第042820号

出 品 人：刘一秀
出版发行：北方联合出版传媒（集团）股份有限公司
　　　　　万卷出版公司
　　　　　（地址：沈阳市和平区十一纬路25号　邮编：110003）
印 刷 者：辽宁新华印务有限公司
经 销 者：全国新华书店
幅面尺寸：146mm×210mm
字　　数：130千字
印　　张：8
出版时间：2018年3月第1版
印刷时间：2018年3月第1次印刷
责任编辑：杨春光
责任校对：杨春晓
装帧设计：马婧莎
ISBN 978-7-5470-4798-9
定　　价：36.80元
联系电话：024-23284090
传　　真：024-23284448

常年法律顾问：李　福　版权所有　侵权必究　举报电话：024-23284090
如有印装质量问题，请与印刷厂联系。联系电话：024-31255233